GOBOOKS & SITAK GROUP©

GOBOOKS & SITAK GROUP©

三日月書版

三日月書版

4 Lost Lamb
微混吃等死 著
手刀葉 畫
迷途之羊
マイゴ
輕世代 FW290
三日月書版

迷途之羊
Lost lamb

# Contents


CHAPTER 1 美好的事物 013

CHAPTER 2 那條步道，走向天空 065

CHAPTER 3 前路不需多餘的行囊 127

CHAPTER 4 這就是你想要的生活嗎？ 155

CHAPTER 5 岡山樹色，琴瑟和鳴 195

CHAPTER 6 國境之南，心之所向 227

Afterword 後記 249

CHARACTER FILE

「我只想看到，真正的妳。」

# 柳透光

**PROFILE**

- ▶ 高二生
- ▶ 175cm

---

作風低調，對自己的事有點漠不關心，但常常幫助他人。表裡如一的白宣，對他而言，有著強大的吸引力。

Lost lamb

C H A R A C T E R   F I L E

「所以，透光，你會來找我嗎？」

# 白宣

**PROFILE**

- ▶ 高二生
- ▶ 168cm

---

知名Youtuber。常和觀眾閒聊，親和力很高的好女孩。熱愛美食與深度旅遊。
獨自一人時會散發出一股憂鬱、與人拉開距離的感覺。
喜歡坐在海岸邊聽音樂，任憑思緒飛向遠方。

Lost lamb

CHARACTER FILE

「你不是真正的創作者，無法理解她的憂鬱。」

# 小青藤

**PROFILE**

► 高一生
► 165cm

氣息清新，喜歡歌唱，像是青藤一般自然而脫俗，熱愛貼近大自然。是一位即使能隱藏自己的情緒，但總是真實地表現出來的女孩子。

Lost lamb

CHARACTER FILE

「一開始不找我，現在才來，
是發現一個人不好過了吧。」

# 王松竹

**PROFILE**

▶ 高二生
▶ 177cm

個性懶散，有點嘴賤。喜歡觀察人，也很喜歡聽音樂。想要接觸各式各樣的人，為此做了Youtuber。

Lost lamb

# CHAPTER 1

## 美好的事物

浮萍藝術大學附近有道河堤。

時值二月，冷風瑟瑟。

午後的河邊，因天色灰暗，看起來快下雨了，只有小貓兩三隻在散步，在寂寥的冬天烘托下更顯孤獨。

我在發熱衣外再穿上天藍的長袖襯衫，配著亞麻原色的開襟棉外套，穿著保暖長褲，一個人獨自來到河堤邊。

沒有忘記了傘。

在約好的時間，她準時出現。

一襲青綠色長裙的她，就像是一朵在荒野中綻放的青藤，充滿了初萌般的生命力。

她見我出現，淺淺勾起嘴唇，原先別起的髮絲靜靜地滑落耳畔。

「午安。」她說。

「午安……」

一時詞窮，想不到要如何切入正題，我想了幾秒後說道：「要喝點什麼嗎？這裡一出疏洪道就能買咖啡了。」

「好啊。」

小青藤溫和地點點頭。

並肩邁出腳步，我不禁微笑，在小青藤身邊的感受一如與青藤相伴，清新而不甜膩。

我們走出河堤入口大門，在附近的咖啡廳點了兩杯熱拿鐵。我選無糖，小青藤則是半糖。

走回河堤的路上，她單手戴上鐵三角的耳道式耳機，只戴單耳。

「喝無糖的不會苦嗎？」

會啊。

但是拿鐵的濃縮咖啡部分被奶香稀釋了。

是從哪一天開始，我喝咖啡時，都習慣喝無糖的呢？

跟白宣熟識的那一天開始嗎？

我想了想，決定將思緒凝縮成一句話。

「習慣了。」

「喔？」

「妳那是什麼聲音啊！」

「不告訴你。」

小青藤意味深長地看了我一眼，隨後正眼看向遠方道路，單手順了順髮絲。

穿過水門，重回河堤邊。

我們爬上斜坡的青草地，走到河堤最上緣。

天氣好的日子，黃昏時總有一整排的攝影師在這裡架起各式各樣的相機，也常看見女孩子來這裡外拍。

只是，今天的天氣不好，正因如此，我們兩個人才有機會獨享這裡的美好風景。

不遠處流淌的清淨河水、如兩道彩虹延伸天際邊的大橋、一望無際的草地，迎著冬季帶有蕭條感的微風，小青藤若無其事地凝視著眼前景色。

「吶，柳透光，像你跟白宣這樣的旅行Youtuber，看到這樣的風景時，心裡在想什麼啊？」

「我目前是沒有在想什麼。」

「那白宣呢？」

「白宣嗎……要是我們眼前的彩虹大橋風景美得讓她嚮往，她可能會開始製作專題，想著走遍臺灣各地最美的橋。」

回憶在談話間被輕易勾起。

覆蓋在黃昏橘色光芒之下的教室。

窗外傳來放學的嬉鬧聲。

那一天，我們聊到一條空中步道，似乎是五股的林梢步道。

那時的白宣雙手一拍桌子，雙眼閃著夢幻光彩宣示：「透光兒，有一天我們一定要把臺灣最美的空中步道走一遍！」

那時，我心裡在想什麼吶？

我垂下頭，轉瞬抬起，望向鐵灰色的天空。

看起來沒有下雨的跡象。

我重整思路，正準備開口切入正題時，那道如降臨在荒野的細雨一般清新的歌聲出現了。

具有力量的歌聲彷彿能隨風飄向彼岸。

是小青藤在唱歌。

能聽到她唱歌，無疑是一件十分幸福的事，聽過她多次現場的我再確定不過了。

小青藤的雙手撫在胸前，雙眸輕閉。

所謂的幸福，不是滿天繁星的夏夜，也不是慵懶起床的早晨。
而是反覆的平靜日常。
而是能在下雨天，為在意的人撐起傘。
該為了什麼活下去呢？就算沒有答案，也沒有關係。
把心意，盡情唱出來吧！

小青藤的聲音漸漸收止，她垂下放在胸口的雙手，後退一步，在河堤邊的木椅上坐下。她整理青綠色的長裙，藏青色圍巾隨著風向飛揚。

我沉浸在歌聲的餘韻裡，宛如沐浴春風。

春風十里。

好想，也讓白宣聽聽這首歌。

過了好一會兒，心裡依然溫暖。

我走近小青藤，緩緩說道：「小青藤，我知道松竹那傢伙為什麼不喜歡彈琴了。」

她張大眼睛。

「柳透光，你怎麼知道的？他為什麼不喜歡彈琴了？」

「說來話長。」

「今天，你約我不就是要解決這件事嗎？」小青藤輕描淡寫地問道，但心意堅決。

「嗯，那妳認識四月評頻道的四月小姐嗎？她是一個只做獨立電影、冷門電影的影評 Youtuber。」

「四月評……我不認識她本人，但好像看過她的頻道。」

「喔？」

四月評的人氣真的不低了吶。

「她是不是帶著文青氣息，很有個人風格的女孩子？年紀應該比我們大，身材纖瘦，長髮，唔……還很會拍照。」

小青藤拿出手機點開 Youtube，找到四月評頻道。

我不小心撇見，她的 Youtube 推薦影片有一整排是「廢材上的風霜菇」頻道實況。

螢幕上，是日月潭的黃昏美景，潭水倒映斜陽，與吳疏影。頭戴白色軟帽的四月小姐，優雅自若地回身一看……

我揉揉額頭，吳疏影這麼快就換上這張照片了啊。

「你說的是她對吧？」

小青藤確認似地問道。

我點點頭。

「我看過她評一部法國獨立電影的影評……我還滿喜歡她的影評的耶。只有在她的頻道能看到這種主題。你提到她，是因為她跟王松竹認識嗎？」

「對。」

如果只是認識，那事情就不會這麼麻煩了。

我簡單地講述了一次「四月評」吳疏影與「廢材上的風霜菇」王松竹，兩個 Youtuber 彼此的關係。

從王松竹在 Youtuber 茶會上，以一首鋼琴曲在現場創造出宛如仲夏夜之夢般讓人無可自拔的魔幻空間開始——

兩個人走得很近，視彼此為創作上的伙伴。

並肩。

尋夢。

那年，吳疏影剛升上高三，王松竹剛成為小高一。

他們一起在四月評工作室、咖啡廳、圖書館裡討論創作的方向。

影片主題是什麼？怎麼拍攝？腳本創作、實際攝影、素材取捨，剪片編輯，到影片上架後的宣傳。

因為喜歡從事影片創作，他們一直在做自己想做的事。

「吳疏影只想做冷門、獨立電影的影評，因為她喜歡那些東西，無論如何也不會做院線片的影評。那是她的堅持。」

不是為了人氣。

不是為了成名。

「好帥喔。」小青藤自言自語似地讚嘆。

我深感認同地笑了。

「真的很帥。但王松竹也是，他只想做聊天、陪伴大家形式的實況，或是輕鬆搞笑的日常影片。無論如何，他也不會靠彈琴，或是音樂創作來當一個Youtuber。」

「不想靠彈琴與音樂……為什麼呢？」

小青藤以清澈的聲音道出懷疑。

她低下頭，雙手放在大腿上捏著裙襬。

我一句也沒說，仔細感受著她的情感波動。

「我認識的王松竹啊，他如果想成為一個原創音樂人、作曲家，或是 cover 型的音樂創作 Youtuber 根本不難。依他的才能跟實力，肯定能寫出引起情感共鳴的作品。好可惜，真的太可惜了。」

她為他，嘆了一口氣。

小青藤纖細的身子因沮喪而縮在椅子上，一雙腿懸空擺盪著。她用手撐在身旁兩側，視線眺望向遠方。

該我說原因了。

「他不再彈琴。為什麼？是因為吳疏影靠著只做自己想做的事成功了，人氣暴漲，成為臺灣知名的影評 Youtuber。」

「我知道。」

小青藤說完，視線在我身上短暫停留。

「咦？我都沒說，妳就已經知道了？」

「當然了。」小青藤的表情看不出太多情緒，「雖然我不認識四月小姐，但我很瞭解王松竹。」

「……也是。」

我忍不住會心一笑。

小青藤站起身，毫無停滯地續道：

「他平常總是表現出一副混吃等死、與世無爭的樣子，但事實上是個內心纖細的人。在意輸贏，卻又愛嘴硬，裝作不重要。很在意朋友，會給朋友他認為很好的建議，但如果對方以別的方法做出更好的成果，他也會很糾結。」

「嗯。」

「當初，王松竹一定有建議四月小姐去做院線片、熱門片的影評吧。至於結果……四月評頻道到現在都沒有發表過那些順著潮流而做的影評，我想答案很明顯了。」

一個都沒有。

吳疏影一開始創立四月評頻道的初衷，貫徹至今。

小青藤對吳疏影充滿敬意。她拿起木椅上的熱拿鐵，握在手上，同時梳理心中所想。

「所以了，四月小姐只做自己想做的事就成功了，王松竹不可能認輸的。他一定也會堅持，只想做自己想做的事。彈琴、音樂創作，都不在他的選擇裡。」

「天啊。」我再次確認了小青藤真的很聰明、觀察力敏銳。我搖搖頭說道：

「我都不用解說了，妳看得真仔細。」

「呵呵，因為我夠瞭解他吧。」

「小青藤，今天晚點大概會下雨，跟我一起去四月評工作室一趟好嗎？」

「去做什麼？」

「我們來去拍影片。」

當我說完，小青藤悲傷地搖搖頭。她原本離我的距離就不遠，這次乾脆走到我身前。

淡淡的清香飄散。

她以富含情緒的嗓音提問：「你要拍什麼？」

「那間工作室是四月評的工作室，以前他們在那裡度過了剛成為Youtuber的青澀期。今天，下著雨，妳一個人在裡面獨唱著傷感的歌……類似妳在陽明山大芋園裡唱的歌那樣。」

「嗯哼。」

小青藤不置可否。

硬著頭皮，我只好繼續說道：「把影片拍得寂寞，一如歌聲沉寂的冬日。把斑駁的時光與冷清的故地定格成影，搭配妳的歌聲，我不信松竹不受感動。」

「受了感動，就要像在大芋園一樣，靠彈琴來把我從漩渦裡救出去，用演奏音樂來陪伴我嗎？」

「對，目前我是這樣想的。」

「跟上次一樣嗎……」

小青藤沉思片刻，才輕輕地嘆了一口氣。

她用肩膀稍微碰了我一下。

「唉，柳透光，我很謝謝你願意幫我想辦法，還幫我調查清楚為什麼王松竹不想彈琴，但是啊，我不想靠我的脆弱去逼迫他彈琴保護我，這樣太自私了。」小青藤雙眼絲毫未眨，真誠地說：「上一次是意外，我不想再有第二次了。」

……她真的是一位好女孩。

「好吧，這的確不是最完美的方法，但我想不到其他方法了。」我聳聳肩。

如果可以，我也不想再逼迫松竹。

還有什麼方法，可以讓他走出來呢？跳脫過去的自己，不再對現在的自己，無意義地限制。

我仰頭望著灰色的天空，風漸漸變大了。

空氣中隱約帶著濕氣。

天將雨。

「小青藤，我知道妳的意思了。快下雨了，無論如何，我們先去四月評工作室找找吳疏影，跟她聊聊吧？」

「好啊，我也想看看她。」小青藤一口答應，「而且，我們三個聚在一起聊聊，說不定可以想到其他方法。」

「走吧。」

要想出新的方法。

我拿起出門前帶的雨傘，幸好有所準備。

我正要走下斜坡，小青藤卻用手點點我的背。

「等等，柳透光。」

「怎麼了？」

「寒假到現在，你到底已經接觸過多少人的迷茫了？」

「怎麼突然問這個？」

「不要管那個，先回答我。你這樣一直幫別人解決內心的苦惱，對你自己，真的好嗎？」

我愣在原地。

小青藤的話宛如清脆的三角鐵，清脆的樂音幾乎振聾發聵，我恍然大悟。步伐隨之停下。

這個寒假，我因為白宣的迷茫而踏上旅途。

從綠島開始，走遍臺灣。

只為了追尋白宣的身影、她所留下的痕跡。

這段旅途之中，我接近了多少人？

我自己的迷茫、白唯的迷茫、王松竹的迷茫、小青藤的迷茫、吳疏影的迷茫。

不意間，我聽過了好多人的事，也試著幫助其他人。

一起在黑暗的夜路中，望著夜星，走著，但是……就像是小青藤的提問，這樣真的好嗎？

我愣在斜坡上，久久不能自已。

淅瀝淅瀝——

鐵灰色的天空降下細雨。

空氣中瀰漫著青草味與潮濕的雨水氣息，土壤接觸到雨滴的氣味分外清新。

在寂寥的冬日，我撐起雨傘，小青藤也撐起雨傘，我們兩人一起站在河堤上眺望漫天細雨。

偶爾有雨點滴落衣袖，但我絲毫不在意。

心情，迎來前所未有的平靜。

連綿的細雨形成了雨幕，渲染了整片河堤風景。一切，變得那般模糊。

小青藤單手壓著耳畔，不讓雨水沾濕耳機。

「妳說的沒錯。」

「什麼？」

「如果迷茫與唐突卻又理所當然的莫名憂愁，是成長必須經過的旅行，那我怎麼能一直幫助迷途之羊呢？」

就連我自己，都是隻迷途之羊。

還在那邊假裝遊刃有餘。

小青藤以清冷而柔和的口吻說道：「就算成長不需要克服迷茫，你也有自己的與白宣的迷茫要去追尋。為了這個，你才踏上旅途的不是嗎？」

是啊。

「這次就交給妳跟吳疏影了。」

我微微一笑，穿透細雨，和小青藤的雙眼對上。她的眼睛很好看，有一股初萌的生命力。

最重要的是，我相信她。

她跟吳疏影都擁有堅強的內心，一定沒有問題的。

一段時間後，雨勢稍小。

我帶著小青藤前往浮萍大學附近的小巷，也就是四月評工作室所在地。

我事先打電話跟吳疏影招呼了一聲，吳疏影表示也想見見小青藤。於是，我把小青藤帶到門口。

她們兩個人，各自代表了王松竹的一段青春時光。

臨走前，小青藤輕聲說道：

「柳透光，其實再幾天，我有一首歌要開始製作了……如果王松竹他這次能跟我合作，就再好不過了。我好想、好想，真的好想跟他一起創作出感動人心的音樂。」

她的雙眼微微泛著水光，聲音帶著難以抑制的迫切。

「加油，拜託妳們了。」我說。

目送她走上二樓，我轉身離開。

撐著傘在行人稀少的街道上行走，天色灰暗，路面上積起水窪，雨聲占據了我的雙耳。

啊，真是的，原來真情流露的告白，竟能如此直擊人心。

雨勢未停，依然連綿。

從河堤邊漫步走回家中，我把雨傘上的雨水在門口抖落，順手掛上門窗邊緣。

「快冷死了。」

我拿下牆壁上的毛巾裹在身上，還有多久冬天才會過去呢？

在玄關處換上脫鞋，目光迴轉。

我發現了一雙厚跟的踝靴。

有著典雅柔和的木紋跟，淺褐色純素面設計，只靠牛皮紋路跟鞋身弧線表現的厚跟靴子。

低調中帶點帥氣，不會搶走主人的風采，又能呈現出品味。

踝靴靜靜地放在玄關處。

素面的色彩不太顯眼，但倘若看見了，一定會像我一樣忍不住停下腳步。

我愣了幾秒，終於想通了。

這雙踝靴會出現在這裡，只有一個原因。

「什麼時候姐……」

「你發現了啊。那雙踝靴的名字，叫做年輪。」聲音從遠方傳來，「是我最近新做的靴子。」

那道令人熟悉卻許久沒有在這裡聽見的聲音，從遠而近，最終一顆腦袋從客廳探出。

姐姐回來了。

從寒假開始就沒有看見過的姐姐。

被天藍色合身牛仔褲包覆著的長腿從門口踏出，她身穿深灰色連帽長版外套，落肩設計的風衣彷彿隨時會滑落肩膀，但背後大概還有綁繩的設計，內裡是相對簡單的圓領純白棉衣。

姐姐一手扶著牆壁，另一手把額前的髮絲往後撩去，大方地露出額頭，茶棕色髮絲在燈光之下反射著光輝，散在胸口的微捲髮尾帶著輕熟與從容的氣息。

——說實話，我姐真的很帥。

「姐姐妳回來了啊。」

「嗯，昨天才回來的。」

「難怪，剛好我今天很早就出門了，沒有遇見妳。」我走向她，先一步走進客廳。

快冷死的我，無比地想先喝一杯熱茶。

印象裡的姐姐一直很忙。

從高中開始，姐姐就展現出對服裝的興趣，大學也進入服裝設計系就讀。

**「我喜歡美的東西，所以想讓符合我美感的東西變得更多，最好多到能包圍我！」**

這句話一直是姐姐的座右銘。

從小，常常追著姐姐到處玩的我，也受到一定程度的影響。

上課以外的時間，姐姐和幾個志同道合的伙伴成立了工作室，設計生產衣飾。

以前我也會到姐姐那邊買喜歡的衣飾。

但踝靴，我是第一次看到。

「姐姐，那雙靴子很好看。」

在客廳的沙發坐下，我隨意地靠向椅背，看向姐姐。

兩杯熱茶放在木桌上。

姐姐優雅端正地坐著，直挺腰桿，雙手平放在膝蓋上。

「呵呵，那雙年輪我花了三個月畫設計圖，改了好多次才終於定稿。靴子的皮革材質、顏色、弧線，都想了很久……你是喜歡哪一部分？」

靜靜放在玄關處的踝靴，再一次在我心裡浮現。

閉起眼。

我從心中摘出，令我雙眼停下的片段。

「淡雅的木輪鞋跟、微微上光的素面色調、無印的鞋身與美麗的弧線，這幾點。」

「嗯嗯，繼續說。」

姐姐捧著茶杯，催促著我。

「典雅不失帥氣，很符合姐姐的感覺。」

「哈哈哈，不愧是我的弟弟，還滿會評論的啊。你的最後一句評價，工作室裡有一個朋友也這麼說。」

姐姐心滿意足地笑了。

看到她臉蛋上漾起的笑容，我也發自內心為她感到開心。

能收到別人對親手創作的事物給予的好評，對所有創作者而言，都是很快樂的事吧。

白宣、小青藤、王松竹、吳疏影，也都是這樣吶。

拿起茶杯，我問道：「欸，姐姐，最近妳的工作室還有設計冬季的衣服或鞋子嗎？我想買幾件給白……」

不意間吐出的言語，瞬間凝住了整個客廳。

明明在室內，卻彷彿有一陣冬天的冷風從窗外襲來，從脊椎一路延伸到我的臉上。

姐姐體諒地沒有問下去。

愣然後，我把茶杯放回桌上。

買給白宣。

但白宣，如今在哪？

姐姐像是想改變氣氛，換上較為輕鬆的口吻。

「你要買是可以，可是你的錢還夠嗎？」

「呃……」

「你一直在臺灣各地旅行，白宣不在的狀況下，你應該只能先自己出吧。

上次我資助的錢花完了對不對？」

姐姐溫柔地看著我。

我默默地點頭。

「嗯，但我自己還有點存款啦。」

「呵呵，不要逞強，需要幫忙就說。等你找到了人，再還我就好。」姐姐單手端起熱茶杯，柔聲問道：「你會找到她吧？」

「這個嘛……」

我猶豫了幾秒，決定說出寒假伊始，踏上追尋白宣的旅途時就有的想法。

「要是連我都找不到她，就沒有人可以找到她了。」

直至今日，這句話依然不變。

直至今日，這句話依然不變？

我質問自己。

姐姐從座位起身，身上自然地飄散一股香氣，揉入了夏日與羅勒的清新。

「我相信你。」

姐姐輕撫著我的頭髮。

一如既往。

溫柔無比。

轉眼間，能量獲得了補充，驅散了遍尋不著白宣的無力感。

我往左挪了挪，姐姐在我身旁的位置坐了下來。

這次她把雙腿縮到沙發上，併攏縮在胸前，以左手環抱，過肩的長髮從後背向兩旁散開。

她悠然地說道：「柳透光，我還記得白宣很喜歡穿的那件外套。」

「水藍色那件？」

「就是……你們一起去密境探險、野外料理時，她很愛穿的那件水藍色柔棉連帽外套。下襬與袖口的純白滾邊，給人飄逸的茫然感。」

「對，那件她穿起來很好看，很適合她。」

白宣的代表色是迷茫藍。

那件外套，完美襯托了她的氣質。

姐姐點點頭。

「白宣的外表與氣質，身為設計師，我可以說很少有人比她更適合穿那件外套了。」

「嗯。」

「你應該也知道吧？那是某一次她來參觀我的工作室時，我送給她的禮物。她第一次穿那件外套，也有在影片裡幫我們宣傳。可惜啊，那麼可愛的女孩，就這樣走丟了。」

「走丟……」我微微苦笑，「好吧，也可以這麼說。」

迷途，意味在旅途上迷路了。

跟走丟也沒什麼兩樣。

「柳透光，剛剛你不是問我最近有沒有新作品嗎？」

「嗯啊，我是想買給白宣啦。」但是還沒找到她。

「我這邊，有一件還在設計的衣服。」姐姐的手指輕點著膝蓋，淡淡一笑，半唱半說道：「春水初生、春林初盛、春風十里，不如你。」

後面兩句我聽過。

宛如春天提早到來似地，雖然只是文字，我眼前卻充滿了畫面。

「很美吧？是我前幾天看到的詩歌。都二月初了，你快在春天以前找到白宣吧。」

「我也想啊！」

姐姐伸手捏了捏我的手臂。

「我認識的那個白宣，是有一點茫然、有一點憂鬱，常常不知道在看哪裡、想什麼，莫名其妙卻又吸引人的女孩。用季節比喻，最像是她的就是神祕的秋天了吧。」

「容易陷入憂愁、又有點寂寥嗎？」

「對，她可能也最喜歡秋天呢。」姐姐會心一笑，「不過，現在是冬天，再來是溫暖的春天。如果在開學前你能找到白宣，我剛好可以把新做好的春季衣物送給她，當作她從迷途歸來的禮物。」

「唉，我也很想盡快找到她。」

我無奈嘆氣。

有一件事很少人知道。

寒假到現在，我靠著白宣留下來的線索跟著白唯、王松竹、小青藤、吳疏影，走遍了臺灣各地，但手上已經沒有線索了。

下一步，該走向何方？

姐姐用左手靠著我的肩膀，支撐著高眺的身子，從沙發上一躍而下。

她回頭，淺淺含笑地望著我。

「柳透光，我對你很有信心，你一定能找到她。好啦，我該回工作室了。」

姐姐說完，往門口走去。

「等等，姐姐，妳做的新衣服叫什麼名字呢？」

「春風十里。」

姐姐的聲音非常清晰，似乎對這名字很滿意。還有其他事的她，身影消失在走廊彼端。

只剩我一個人在客廳。

「……真沒想到今天會看到姐姐。」

喝完茶，我披著沙發上不知道是誰擱置的保暖羊毛毯，走到窗邊凝視雨勢。

不為什麼。

細雨紛飛的冬天，我實在喜歡不起來。

冬天也不是白宣喜歡的季節，怕冷的她常常窩在棉被裡，或是裹著棉被坐在電腦前。

光影流轉而來。

白宣最喜歡的連帽外套，帽子在冬天或是晚秋，她一定會戴起來，覆蓋住一頭栗色長髮保暖。

「呼……」

氣息在出口的瞬間，化為白煙消散。

關上燈，我離開了一片灰暗的客廳，走回房內。

不知道吳疏影跟小青藤的狀況怎麼了？

各自與王松竹一起經歷了一段時光的她們，能討論出讓他放開心靈上的束縛，再一次彈琴的方法嗎？

「登登。」

我拿起手機，是小青藤發來的訊息。

「柳透光，問你喔，你有玩過《造物主》嗎？」

「玩過。」

「那就好。等一下我把房間號碼給你……耶，不對，我跟四月姐姐需要準備一段時間。明天，你下午四點以前有空上線嗎？」

四月姐姐？

叫得這麼親暱，語氣又溫和，小青藤已經跟吳疏影混熟了啊。

我拿著手機，有點意外。

「妳們要幹嘛？」

「到時候你就知道了，呵呵。」

小青藤故作神祕後，不再傳訊息來。

一時沒什麼想法的我站在原地思考。

《造物主》。

那是個開放式世界的建築遊戲，我以前玩過。

玩家扮演拓荒工人，從世界裡採集各式各樣的物資，像是石頭、木頭、礦石、食物等等，去建設或造出自己想造的所有物品，儼然就是新世界裡的創世神。

《造物主》這個遊戲，有陣子在實況圈、Youtuber 圈很紅。

明天，小青藤讓我下午四點以前上線……是有什麼目的嗎？

隔天，睡到快中午才起床的我，在家裡跟姐姐一起吃早午餐。

常常忙著畫設計圖到深夜的姐姐，作息跟我類似，也睡到快中午才起床。

一頭長髮沒有經過太多整理，顯得蓬鬆而微亂，微捲的髮尾隨性散落在圓領睡衣的胸前。

她單手撩起額前長髮，將髮絲往後撥去。

慵懶，又俐落好看。

「姐姐妳要喝咖啡嗎？」

「好啊，放客廳桌上吧。」

我幫姐姐沖了一杯，放在客廳，帶著黑咖啡走回自己房間。

薇薇特南果咖啡豆，富有層次感的水果香氣，很適合作為一天的第一杯咖啡。

我拉開窗簾，任憑午後金黃色陽光芒映入室內。

迎接那美好的午後宜人風光。

坐在電腦前，手邊有著散發香氣的咖啡。越過螢幕，是冬日午後難得溫暖的臺北街頭。

戴上耳機，打開遊戲，進入小青藤指定的房間。

小青藤清新的聲音，透過耳機傳入耳內。

「是透光嗎？你終於來了。」

隨後出現的是在山谷中的一小片平原綠地。

天空湛藍無比。

《造物主》世界裡的所有元素都是以一塊塊立方體呈現，雖然不逼真，但很討喜。

我的角色，穿著藍色上衣與牛仔褲的拓荒工人，正站在平原綠地上，望著眼前的小房屋。

「小青藤，這間房子是妳蓋的？」

「是啊，我跟四月姐姐一起蓋的喔。」

我想起昨天的訊息。

微微一笑，隱約意識到什麼。

我操控角色左右回頭，搜尋小青藤的身影。最後，一個伐木工人從附近的大樹後方走出來。

「我在這裡啦，嘿嘿。」

小青藤的角色走到我的角色身邊。

角色邊走，她邊輕哼著歌。

不知道在這個《造物主》世界裡已經玩多久了的她，角色身上穿了一襲青綠色上衣。

這個遊戲的自由度很高，但要強調細節跟精緻度還是太困難了。

她忽然停止動作。

「等一下王松竹就會上線了。」

「嗯？妳有約他？」

「有，我想在這裡解決。」小青藤的口吻依然柔和，輕飄飄、柔綿綿，但誰都能聽出她的決心。

「需要我做什麼嗎？」我不明所以地問。

小青藤沉默了幾秒。

這幾秒，她只是操控角色走到小房屋門口。

隔著遙遠的距離，她輕聲地說：

「這次你不用做什麼，柳透光，你為大家做的事已經夠多了。我覺得，如果迷茫是大家在玫瑰色的青春裡必須克服的事，你也不能一直幫忙大家。」

「嗯，我知道。」

坐在螢幕前的我，碰了碰溫暖的咖啡杯，發自內心地點點頭。

我認同小青藤的想法。

「呦，這個ＩＤ……有點眼熟吶。」

這時，另外一道聲音，將我的注意力拉回《造物主》的世界。

紅色屋頂、白色外牆的小房子前，如今有三個人站在這裡。

最後上線的是松竹。

「是我啦，松竹，是有多久沒有一起玩遊戲了？你居然忘記我的專用ID。」

墨跡。

還有其他人能用這個ID嗎！

我操控角色，撞了撞新登入的拓荒工人。

松竹聽到我的聲音，霎時也認出了我。

「喔喔，是透光啊！哈哈，別生氣。我沒有想到小青藤會約你一起來玩《造物主》，今天我本來還在想要不要開實況耶。」

「你有開嗎？」

「現在是沒有。」

我想了想，「難得小青藤跟我一起來，你開個實況應該會有不少人看喔。」

「呃，這個……」小青藤的聲音似乎有點為難。

松竹幾乎是同時接過了話，拒絕了我的提議。

「還是別了吧。」

「也好啊，但為什麼？」我問。

「我只是想好好跟小青藤一起蓋房子、蓋城堡、挖礦伐木，不是為了當一個Youtuber。」

不是為了工作，而是為了跟她玩。

宛若理所當然的語氣，說得那般簡單直率，聽在我耳裡，實在有點帥氣。

更何況小青藤。

從她的角色沒有動作、她本人也沒有說話的狀況判斷，她白嫩的臉蛋可能早就紅透了。

松竹的角色正對一身青綠色的小青藤角色。

我在這兩人之間，似乎沒有什麼站立的空間吶！

我忍住笑意，偷偷把角色移到離他們比較遠的位置。

這時，小青藤開口了。

「王松竹，可以答應我一件事嗎？我希望你今天能跟我一直玩下去。」

「可以啊。」

在一旁的我再次無言。

王松竹回答時根本想都沒想，那是什麼，直覺反應嗎？

「那就好，我相信你。」小青藤輕快地笑了幾聲，「今天晚上，如果你們一直陪我玩，沒有下線，我就唱一首新作的歌，讓你們第一個聽。」

「妳寫好新歌了！」聽到這句話我眼睛都亮了。

「簡單啊，看妳要玩多久，反正我今天沒有直播安排。」松竹回得更是灑脫。

「那好，我們先進房子裡吧！」

小青藤的角色故意走到松竹的角色後面，推著松竹。

松竹笑了笑，讓角色帶頭走向房屋。

我跟在他們的後面。

那個紅色屋頂、白色牆壁的房子，從我一上線就出現在那裡了。

《造物主》裡每個由房主開創的遊戲房間都是獨立的，各自有自己的存檔紀錄。

換句話說，那間房子跟小青藤昨天聯絡我的訊息一定有關吧。

她說，她跟四月姐姐還有事要準備。

我謹慎地跟著他們，直到房屋門口停下。

小青藤私底下傳來了一行字，不用看，我也知道她要說什麼。於是，我做好了心理準備。

「去屋子裡看看還缺什麼家具，我們先做家具出來？」

「好啊。」

小青藤故作雀躍地附和。

其實，在我聽來她的聲音已經不太平穩，失去了平常那股細雨般清新、特別的氣息。

她在顫抖。

我正欲開口，卻在最後關頭閉起嘴。

這裡沒有我介入的餘地，我也不該說話。

他們的迷茫，終究得由他們面對。

「王松竹，進去吧。」

小青藤聽似自然的提議，輕易說服了毫無戒心的松竹，他的角色第一個走了進去。

房屋只有一個出口。

在他進去後，小青藤的伐木工角色立刻從地上面挖起一大塊土塊，放在門前。動作俐落的她，接二連三地挖起土塊。

我也跟著她的動作，把門堵起。

我們的動作沒有經過言語交流，松竹進去小屋裡後，又被土塊隔開，聲音已經離我們有點遙遠。

只剩下隱約的聲音。

「小青藤？透光……你們在哪？這裡好像……有點眼熟，這是什麼東西啊，蘑菇玩偶嗎，做得真像。」

長長的一陣寧靜。

「吳、吳……吳疏影？」

果然，計畫的關鍵是吳疏影。

我望著小青藤背靠土堆的伐木工角色，下意識地退了幾步。

想得真遠。

小青藤，從松竹高一中途認識了他。

吳疏影，從松竹國三畢業認識了他。

這兩個女孩子，各自經過了、陪伴了松竹的一段人生，是誰也無可取代的時光。

她們聯手，能不能突破王松竹的心防呢？

「吶，柳透光。」

「怎麼了？」

回過神，有一瞬間，我錯將小青藤身穿綠衣的伐木工角色，與小青藤的身影重疊了。

此時此刻，彷彿她就在這裡。

小青藤的鮑伯頭短髮搖曳，頭微微下垂，盯著腳尖。纖瘦身子靠著小屋門口，嘴裡含笑，溫柔的表情，卻輕輕嘆息。

好矛盾的模樣吶……

綠衣伐木工往平原的邊緣走去，揮著她短短的手。

小青藤的聲音，穿過耳機，貼著我的耳朵問道：「要去嗎？我們去附近的小河，看看風景、聊聊天？」

「他們大概要說好一陣子吧？」

「嗯，結束後四月姐姐會跟我說的。」

「好，那走吧。」

我的拓荒工人拎著鐵鎬，跟在小青藤的伐木工身後。

我們穿越平原，踏過一整片青草地平原，看見了幾隻野生的綿羊，迎著微風走到了小河邊。

這一條小河可能來自包圍這片平原的山谷吧。

伐木工在河邊坐下。

看著她角色單調的表情、短短的四肢、討喜的方塊形身軀。再聯想到此時此刻位於現實世界的小青藤，心裡的無盡糾結，既期待，又害怕受傷害的心理。

我一句話也說不出來，只好靜靜在她旁邊坐下。

可以的。

能行的。

我相信，吳疏影一定可以成功說服松竹，讓他重新走回鋼琴邊，重回音樂創作。

一直在鬧彆扭，不願服輸，只想做自己想做的事，以一個 Youtuber 的身分創作成名的王松竹。

我稍稍捏著麥克風，不讓聲音傳到麥克風彼方，低語道：

「能說服他的人，只有吳疏影了。」

注意力暫時離開電腦。

我拿起只剩下餘溫的咖啡，輕啜。窗外的景色，不知不覺已經快到了日落時分。

我到廚房拿了三明治，回來繼續等待。

那夜，冬日漫長。

那夜，冬天寂寥。

我與小青藤一路等到快十點，《造物主》遊戲世界裡的文字對話頻道，才跳出一段文字。

**「回來吧，我們有個共識了。」**

下一秒。

綠衣伐木工與拓荒工人，從河邊跳了起來，向平原中央的紅頂小屋全力奔跑。

「看樣子似乎是好消息，小青藤，太好了呀！」

「嗯，不過要先去確認才行。」

小青藤的聲音也難掩雀躍，她很開心。

我的拓荒工人第一個跑到房屋前面，看見了兩個人並肩站在屋前。

他們是協力挖開土堆了吧。

王松竹操控的角色先看見了我，他有些無奈、自嘲的聲音隨後傳來。

「透光，你居然跟小青藤、吳疏影聯手寫這個劇本，還參與其中，真是太扯了！」

「不，其實我也不知道，我只是下午被叫來的而已。」

「被叫來幹嘛？」

「我以為是要跟小青藤玩《造物主》啊，這不是 Youtuber 很常實況的遊戲嗎？」

我理直氣壯地回應。

「柳透光說的是真的。」吳疏影的聲音插入了。

「居然是真的啊……」

「沒關係，那都不重要了。松竹，你們聊得如何？」我有些緊張地詢問。

小青藤的委託、小青藤的困擾。

王松竹的自卑、王松竹的迷茫。

吳疏影的遺憾、吳疏影的愧疚。

一切，都可能在這裡畫下休止符。

想到這裡，我左右看了看，注意到小青藤的伐木工不見身影。

躲起來了嗎？

「彈琴……不就是彈鋼琴嗎？」松竹嘀咕了幾句，「從今天開始，我會彈鋼琴的，如果有需要，吉他、小提琴，我也都會，我不會再排斥做一個音樂創作的Youtuber了。」

「……喔喔喔喔喔喔喔！」

螢幕前的我忍不住大叫。

「你有必要這麼驚訝嗎？」

「當然啊！」

天啊，吳疏影真的太厲害了，雖然不知道她是怎麼說服松竹，但能讓原本堅決不彈琴的松竹，重回鋼琴椅上……我真的佩服，心裡湧起對她的尊敬。

四月姐姐。

我似乎明白，小青藤這樣稱呼的原因。

「謝謝妳。」

《造物主》世界中，於山谷環繞的平原上，天色早已變暗。就著微風，我對身旁的人道謝。

沒有指明。

但她明白我說的是誰。

「不會，我也謝謝你。」

同樣不須指名。

我亦明白。

能讓松竹願意彈琴，就代表了他能跟意願很高的小青藤一起做影片，以後能一起做原創歌曲、翻唱歌曲。

真好，這真是再好不過了。

我不意間讚嘆了幾句，心裡有股強烈的欣慰。已經有多久了，我沒有因為一件事感到這麼溫馨而這麼放鬆。

「咦？小青藤呢？」

松竹納悶地問，他應該已經憋很久了。

小青藤一定在，一直都在。

一道如同降臨在荒野的細雨般清新的聲音，在黑夜的平原某處響起。

細雨，突如其來，捎來了清冷的風與新鮮的空氣。

小青藤的歌聲，聽似柔和，帶著豐沛的個人情感，能輕易滋潤人心乾涸的大地。

我聽到了，好久沒聽到的鐘聲。

我看到了，想睡的他，穿著有點凌亂的制服。

Author.微混吃等死

我碰到了，趴在桌上的他，桌上疊的書。
窗外的太陽照得很刺眼，黑板上寫著處暑。

我跟你，第一個一起度過的夏天。
夏天的暖陽銜著悠哉的校園。
你在教室裡彈著吉他，我輕聲哼著唱。
窗外，蟬鳴如雨。
那是最青澀的虛度時光。
所有青春，都融進了那個懷念的夏天。

蟬鳴響起，我擱下了筆。
我靠著教室的牆壁，如今的你，身在哪裡？
如果，我碰見了你。
你是否還記得，那年夏天，我們哼著的歌？

我跟你，第一個一起度過的夏天。

夏天的暖陽銜著悠哉的校園。
你在教室裡彈著吉他，我輕聲哼著唱。
窗外，蟬鳴如雨。
那是最青澀的虛度時光。
所有青春，都融進了那個懷念的夏天。

蟬鳴響起，我擱下了筆。
我靠著教室的牆壁，如今的你，身在哪裡？
如果，我碰見了你。
你是否還記得，那年夏天，我們哼著的歌？

我好想再聽到，好久沒聽到的鐘聲。
我好想再看到，想睡的你，穿著有點凌亂的制服。
我好想再碰到，趴在桌上睡著的你。
如果你忘記了，我會帶著你回到故地。
一起聽聽，蟬鳴如雨。

浮萍藝術大學。

我繞過種滿杜鵑、繡球，鳳凰木圍繞的花園，走進堪稱鳥語花香的獨立電影社。

不知道為什麼，心中忽然想到，今天，會不會是我最後一次來到這裡？

驀地停下腳步。

下一秒，我忍不住無奈地笑了。

上一次心中閃過這樣的想法，是與白宣一起的旅行。

對一個曾經踏過、正在踏著、即將離去的地方湧起強烈的不捨。

甚至惆悵。

與白宣一起去過的綠島濱海溫泉、一起去過的東海岸、一起去過的高美濕地……很多地方，都曾在我心裡留下痕跡。

今天，應該有很高的機率，是我這一生最後一次來這裡了吧？

我推開門，踏進獨立電影社。

社辦裡，與門相對的窗戶，投來一束陽光。

陽光照耀，窗戶之下的木桌，堆積了無數筆記本、電影海報、紙筆與書，點點塵埃在光芒下閃耀。

「午安。」

吳疏影坐在沙發上，正用著放在膝上的筆記型電腦。身穿黑色大衣、配上棕色連身裙的她，緩緩抬起頭。

塗上亮色唇蜜的嘴唇輕張，似乎在想著要說什麼。

猶豫不是她的作風。

順從直覺，不問理由，才是。

「隨便坐啊，柳透光。」

「我坐一下就好，不會打擾妳太久。」

「喔?你等等有其他事嗎……啊，對，對，對你來說，找白宣才是你該去做的事。」

吳疏影轉著手上的筆，身子探前，把電腦放回桌上。

她雙腿優雅地交疊，背往後一靠。

「你是來問我怎麼說服王松竹的嗎？」

「果然被猜到了啊。」我點點頭。

吳疏影笑了笑，雙眼注視著我。

被她美麗的眼瞳直接而毫不遮掩地凝視，我簡直不知道該把視線放在哪裡。

「美好的過去、美好的事物、美好的時光。這是我最想跟他說的事，也是我覺得最有機會說服他的理由。」吳疏影淡淡地說道。

在她微帶傷感的聲音勾勒下，以前他們曾一起長時間相處的工作室，無數的嘻笑回憶似乎在我眼前展開。

當然也有爭吵與悲傷。

吳疏影雙手交握，平放在大腿上。

「柳透光，我們那一天玩的《造物主》遊戲，你沒有去看過裡面吧？」

「沒有。」

「那你回去之後可以打開遊戲，登入那個房間，去看看房子裡面。到時候，你就能明白了。」

我點點頭，她的一席話勾起我的興趣。

「妳……」

我吞下了未竟的話語。

我注意到，吳疏影的神色不時會透出黯淡與神傷。

那是隱藏得很深的難過。

或許，成功解開了過去伙伴心中的束縛，讓松竹願意再次彈琴，但同時，昔日的最好伙伴，已經不再是她的伙伴。

很大的可能是，松竹從此會跟小青藤一起聯手製作音樂創作的影片吧。

「放心吧，我很好，只是要一段時間調適罷了。」吳疏影滿不在乎地笑了，「只是插手太深，讓我想起以前的事了。有他這麼好的朋友，那段時間真的很開心。」

「嗯……」

「倒是你，快一點找到白宣吧！」

「好啦，我馬上就會開始動作了。」居然變成是我被催了。

我站起身，跟吳疏影道別。

「走吧，找到白宣之後讓我看看她。」吳疏影揮揮手。

窗外投射的光芒灑落胸前，她再次埋首於創作。

關上獨立電影社的大門，我想，我應該不會再來這裡了。但「四月評」的吳疏影，這一定不會是我們最後一次見面。

離開浮萍藝術大學，我不疾不徐地走回家中。

天色還早，天氣也不會太冷。

裹了裹棉衣外套，我刻意在城市街道停留了比較長的時間。徒步行走，親身感受著季節。

還有多久春天才會降臨？

回到家中，我打開電腦，登入了《造物主》。

再次進入那一天小青藤創造的房間。山谷環繞的平原中央，有一間紅色屋頂、白色牆壁的房子。

深深吸了一口氣，我操控拓荒工人，打開了房屋大門。

映入眼裡的是，玄關前方的靠壁式流理檯，往內有兩張合併在一起的長條木桌，放著泛黃紙張與散落的筆。

地面是木板。

角落有一張小床，上頭還有一個睡袋。

我整個人愣住了。

——這間工作室，曾經是吳疏影與松竹常常窩在一起的地方。

拓荒工人繼續在房間裡找尋，直到我看見了一張掉落在地上的明信片，明信片畫上了一片浩瀚星海。

——冬季星空的王者是獵戶座，有時就算在臺北也能看得見。等妳做完新的影評，我們就去山上看看風景吧。妳不能一直在社辦或是工作室，這樣對創作的生涯發展不好。

我操作著拓荒工人再往前走。

這次從地板上撿起一個蘑菇布偶。

——吳疏影把蘑菇布偶拿在手裡，雙眼直勾勾地看著。她沒有說話，整個人宛如進入了另外一個靜謐的領域。

她像是對待珍惜的寶物一般，將布偶擁入懷中。

「這就是當初我丟王松竹的布偶，還是他送給我的生日禮物呢。」

我用手摀住眼睛，並摘下了耳機。

持續了幾秒，情緒像是大浪一般湧向心之提防，我再也承受不住，伸手關掉了桌燈。

還是暫時一個人，靜一靜吧。

CHAPTER 2

# 那條步道，走向天空

手機響了。

小青藤的原創曲，《蟬時雨》的副歌迴盪在房間。我走到桌邊拿起手機，再回到窗戶前。

窗外，正好是夕陽殘照。

「喂？柳透光？」

「喔，是白唯啊。我在，怎麼了嗎？」

「你是不是又站在窗邊看著遠方了？都什麼時候了，不要跟我姐一個樣子好嗎？」

這傢伙……竟然猜得這麼準！

「開你們的粉絲團去看看。」

「怎麼了嗎？」

「你看完就知道我在說什麼了。」白唯話鋒一轉，「唉，柳透光，你從水昆高中的休業式之後找到現在，都還沒有看到過姐姐。」

「是嗎？等一下。」

我心裡湧起一小股不以為然，但並未反駁。

我單手拿著手機，手指一點喚醒筆記型電腦，進到「追逐夜星的白宣」粉絲團。

咦，今天的私訊留言特別多吶？

……怎麼會？

我往後退了一步，在粉絲的私訊中她的身影是那麼顯而易見。

「看見了嗎？」白唯急切地確認。

「看見了。」我說。

從粉絲傳來的照片中，我看見了白宣。

白宣穿著水藍色的柔棉連帽外套，她最愛的那一件，純白色在外套下襬與袖口滾邊。

白宣那雙勻稱的長腿，穿著米色七分褲站在一座吊橋上。吊橋兩旁是橘紅色的繩索，背景是翠綠色山林。

重點是腳下……

那個如琉璃般一閃一閃的透明吊橋，毫無疑問是位在南投的琉璃光之橋。

白宣去這種早已小有名氣的旅遊景點，百分之百會被認出來，更何況現在是學生統統放假的寒假。

「你有什麼想法嗎？柳透光。」

「……」

「不要在這種時候給我沉默。真的是，吼，急死人了。你在家對吧？等著，我現在去你家門口。」

「不用，我們去吃個飯吧。」

結束通話。

手機隨手拋向床上。

我重新回到窗戶旁邊，呼出一口氣，拉了拉身上的森青色毛衣。柔軟的羊毛摸起來很柔軟。

白宣出現在琉璃光之橋。

刻意的行為無疑是暗示，一個只有我知道的暗示。

高二寒假前的休業式，白宣消失了。在那之後，我踏上旅途，只為了追尋她的身影。

這是我認識她到現在，最長一段沒有看見她的時間。

都快過年了。

我嘆口氣，溫熱的氣息模糊了玻璃窗。玻璃窗中的我，也在熱氣渲染中消失。

我戴上一頂毛帽，夜色將至，我離開家裡前往與白唯約定的餐廳。

在街道上，不意間，我發現自己的腳步遠比平常快。

心裡也鼓動著。

我還是迫不及待地想找到白宣。

冬天已經漸漸進入尾聲，但天氣依然寒冷。像這樣的氣溫要是沒戴上毛帽，兩隻耳朵大概都會凍得發紅。

走了一陣子，熟悉的轉角映入眼簾。

她已經到了。

白唯戴著狐狸頭形狀的橘色毛帽。

兩隻可愛的狐狸耳朵正直豎著。仔細一看，耳朵似乎還可以調整成軟趴趴的樣子。

她穿著楓紅色的羽絨外套，米色短褲搭配直達大腿的純黑膝上襪，羽絨外套讓她的上半身變得有點圓滾滾。

白唯背靠在店家門口的牆邊，視線不時環視周遭。

她很急著想找到白宣。

我走向她，不出意料她很快認出我，並向我奔來。

看起來就像是一隻狐狸往我跑來。

要是白唯再戴上那張狐狸面具，戴上狐狸尾巴，就徹頭徹尾是一隻狐狸了。

「柳透光，看到照片了吧？」

「嗯，她在琉璃之光橋被人拍到了，很多人也都看到了。」

想到這裡我面露無奈。

包含那些一直想找到白宣的人。

像是在高美濕地遇到的張新御，還有他的伙伴。

我的目光越過白唯，看向入口處進去的小小庭院，仿日式風格打造的流水小池，與竹筒打造的鳴子。

竹筒接滿流水後翻轉，重新擺盪回原位時，敲打石頭的聲音不時響起。

「白唯，我們邊吃邊說吧，我真的餓了。」

「好，這可能也是我們寒假最後的悠閒時光對吧？」白唯的嘴角輕勾，露出微帶邪惡的笑容，試探性地看向我。

我聳聳肩。

沒錯，這大概是寒假最後一點清閒了。

我們走進道地的日式冷麵店，店內大量使用了竹子與木頭作為裝潢，典雅的小植栽作為亮點擺在店內的窗沿與牆面，不同區的座位與座位間以細竹簾隔開。

很有氣氛的一間店，白宣也很喜歡。

坐定後，白唯雙手握拳輕搥著桌面。那副模樣，就像是一個催促甜點快點上桌的小女孩。

「快說喔！」

「好啦，這要從我跟白宣籌劃中的主題說起——走遍臺灣的空中步道，選五條喜歡的步道拍成影片。」

討論中的步道，我還記得。

「空中步道？」

「嗯，像是妳看到的南投琉璃光之橋，那就是很典型的空中步道。通常會有一段路高架在半空，也可能整段步道都是高架。」

「喔，那我也去過幾條。」白唯歪歪頭，「像是五股那條在樹梢間走來走去的步道，也是空中步道吧？」

「對。」

說完後，我的內心反而遲疑了一下。

過往光景，流轉而至。

就像是想暫時撇開回憶一般，我繼續說道：「相比直接在植被鋪出一條路，讓觀光客一直走一直踩，空中步道比較能保護自然環境。」

服務生適時地走過來，我跟白唯各自點了招牌冷麵與蕎麥冷麵。

等待餐點上桌的短暫空檔，白唯不再說話。

我閉上雙眼，任憑思緒飛向從前。

那一天，教室被黃昏的橘色光芒所覆蓋。

那一天，我們聊到林梢步道。

白宣雙手一拍桌子，雙眼閃著夢幻光彩宣示：「透光兒，有一天我們一定要把臺灣最美的空中步道走一遍！」

嗯，是啊……我呢喃著，無力地垂下頭，放鬆全身。總有一天，我們一定要把臺灣最美的空中步道走一遍。

那現在，妳在哪呢？

我的視線在店裡流轉，盡情地讓自己沉浸於哀傷的情緒中。最後，又是手輕摀桌面的聲音。

白唯生氣地盯著我。

「柳透光，你又露出那個要死不活的樣子了。」

「……不小心的。」

我咧嘴一笑，雙手合十微表歉意。我剛剛的模樣、白唯現在提醒的話，在不久以前才是所謂的常態吧。

這一趟追尋白宣的旅行，是可以改變人的旅行，我無比相信這點。

招牌冷麵與蕎麥冷麵上了桌，白唯好奇地望著冷麵，拿起筷子，嘗了一口。

「喔喔，好吃耶，我喜歡這個麵條！」

「這家的蕎麥麵條都是現場手做的，很神吧。」

「嗯嗯！」

白唯曲線漂亮的手腕懸在半空，手指輕巧地控制筷子夾起幾根麵條。她古靈精怪的眼神，往坐在對面的我望來。

「透光兒。」

……有人又在學姐姐了。

「來，吃一口。」白唯探前身子，模仿白宣的口吻，把夾著麵條的筷子遞出。

我差一點就笑出聲，揮揮手表示不用了。

「白唯啊，白宣是不會這樣做的。」

「真的嗎？」白唯納悶。

「真的。」

我想了想過去跟白宣在一起的時光，遍尋記憶，她真的不曾餵我吃東西。那也不是白宣的風格。

我拿起筷子，開始吃起眼前的招牌涼麵。

用餐完畢的我們，回到店前的小小日式庭院，站在水池旁聆聽著鳴子定時傳來的溫潤聲響。

微風吹拂著，站在庭院裡一點也不會冷。不遠處的店裡傳來的交談歡笑，揉合了流水聲，一如白噪音般在耳邊環繞。

在這裡，能讓人靜下來思考事情。

我看著白唯的狐狸帽。

她正蹲在竹筒做成的鳴子旁，張大雙眼研究著。

我淡淡地說道：「白唯，明天開始跟我一起踏上旅程吧。啊，畢竟快過年了，妳爸媽有很希望白宣在過年時回家嗎？」

「還好，我們家沒有很重視傳統節日。」

「沒有很重視？但我還是去跟他們說一聲找白宣的狀況好了。」

「不用啦。」白唯手指摸了摸竹筒，隨性地說道：「消失本來就是我姐姐一時任性，你沒有必須找到她的義務。」

「嗯……」

這麼說也是，依照上次跟白宣媽媽的談話，她一點也不擔心白宣會出意外。確實，她可是追逐夜星的白宣。

白宣會在臺灣各地的密境探險，會在沙岸上清蒸螃蟹，會在盛夏時節到鄉下摘桑椹，會騎著腳踏車在田野間穿梭，會打入高山的原住民部落，會雙腳踩進小溪裡抓魚。

如果她想，她能去她想去的任何地方。

白唯的眼瞳跟著鳴子竹筒移動，發出聲響後，她問道：「這次去哪？」

「我們先去南投。」

「為什麼呀？琉璃之光橋在南投沒錯，但是姐姐昨天就去了那邊耶，現在再去也不可能找到她吧？」

「白宣在那裡現身……」我整理了情緒，停頓片刻，「是她留給我，只有我看得懂的暗示。以前我跟她討論的空中步道，南投總共有三條空中步道我們都想去。」

清境高空景觀步道。

溪頭空中走廊。

琉璃光之橋。

「白宣接下來一定會去剩下的兩條步道，因為，這是我們籌劃中的企劃。」

「原來是這樣！」戴著狐狸帽的白唯跳了起來，雙眼露出期待，「柳透光，明天約哪裡見啊？」

「高鐵站吧，我們先去臺中，再轉接駁車。」

「嗯！那我該回去收行李了，你也要準備準備了喔。」

「我知道的。」

我們在冷麵店前分開，白唯壓了壓狐狸帽，似乎是為了更保暖。

「拜拜。」

「嗯，明天見。」

我漫步回家。

冬天的夜晚，城市裡有一股寂寥的感覺。

一個人走在空曠的街道、迎著冷冽的晚風，這股感覺會特別明顯，彷彿被寂寞所包圍。

我抬頭凝視星空，想起白宣，繼續往前走。追逐夜星的白宣。

回到家，我抓緊剩下的時間，打包了三、四天的衣物跟旅行中會用到的雜物。

一切都準備好後，我才躺上床，緩緩睡去。

隔天，我們坐上高鐵前往臺中。

高鐵上我們補眠了一段時間。

臺中車站外，轉搭接駁車，一路駛向位於南投高山上的清境農場。

清境農場海拔近一千八百公尺，擁有一整片高山原野。青青草原、高山放牧、綠茵如畫，常有人用北歐風光來形容，是臺灣知名的觀光勝地。

接駁車開上山後，氣溫明顯變冷，我拿起車上提供的毯子蓋在身上。

玻璃窗上起了一層白茫茫的霧，調皮的白唯伸出手指，在窗上畫著抽象的小動物。

「那是什麼，貓嗎？」

「是狐狸啦！」

「……喔喔。」

「連狐狸都分不出來。」白唯轉動著手腕，畫出一隻狐狸耳朵。

心有所思的她手指在窗上游走，自言自語似地說：「不過啊，窗戶很冰呢。」

「畢竟才二月啊。」

二月天，還在冬天的尾聲，三月上旬才會完全回暖。

春天一到，萬物初萌，充滿生命力的野外景色也會隨之而來。很多花的開花期，都在三、四月之春。

接駁車停在清境農場的服務中心，下車前我隨口問道：「白唯，這是妳第一次來清境農場嗎？」

「不是，好像小時候跟爸爸、媽媽、姐姐來過一次。」

「多小啊？」

「我想想喔……應該還在讀國小吧？」

那是真的很久以前了。

我們背上包包，走下接駁車。

一踏進清境農場的土地，我瞬間感受到所謂高山原野獨有的大自然風光。

恬靜的氣氛、開闊的視野、乾淨的天空，使得我們不知不覺放鬆了。

空氣清新無比。

蔚藍色的天空如畫一般鋪向遙遠的群山彼端。

還沒有走到主要的風景區，下車的旅客各自有想去的區域，在服務中心前迅速散開。

我們把行李暫時先寄放在了服務櫃檯。

「吶，白唯。」

「嗯哼。」

「等一下喔，我看看地圖……」本來我是要請她稍微等等，轉頭一看，卻發現白唯也拿出了地圖。

於是我笑而不語。

她正低頭研究著。

白唯的一頭栗色長髮溫馴地散在肩後，耳垂邊那枚橡樹果實形狀的耳環，也隨著風輕輕擺盪。

一時間，我看呆了。

清境農場有一部分仿歐洲風格的建築，像是我們身處的法國小鎮、維也納庭園木屋與瑞士花園。

「柳透光，從地圖看起來，我們要去的高空景觀步道就在附近，用走的很快就到了。」

「嗯，那走吧。」

白唯把地圖捲起來，插回口袋。

今天的她穿著白底帶了橘色圓點的長袖棉衣，橘色圓點細看似乎是一顆顆小橘子。

下半身她穿著淺色系短褲、配上黑長襪，反而讓她白底橘點的上衣更顯得搶眼突出。

她走在前頭。

這讓我心裡湧起一股熟悉的感覺。

我們走出法國小鎮，離開了繽紛色彩的建築。

走到小鎮外頭的大路，山林景色紛紛入目，空氣偏冷卻更清新。

久久才會有一輛車經過，我們悠哉地走在路上，享受霸占整條路的特權。

路旁兩側的樹木夾道，枝葉茂盛，林蔭為旅人提供了天然又幸福的遮陽，我們像是散步一般前行。

白唯一點都不怕陽光。

在金黃色太陽光之下的她，還是那麼閃耀。

上坡路段，走了片刻，開始覺得有點喘。回頭一望，我們剛經過一道髮夾彎，正好停在彎道中間。

「白唯，看。」

白唯納悶地走到我身邊。

現在，我們往左手看是上坡道，往右看則是剛才走過的下坡道。

這裡是最佳觀景點。

站在這個位置看，上坡道與下坡道因中間的一排大樹而分開。

陽光也被老樹隔開。

同一條坡道，左邊的上坡道，一片片林蔭完全覆蓋了道路，右手邊的下坡道卻被燦爛千陽照耀著。

白唯站在我身邊，傳來柳橙般的香氣，她發出驚呼聲。

「嗚哇，這裡好美，我想拍照！」

「很美吧？」我溫和地說道：「白唯，這一趟旅行妳想停下來拍照就停下來，不要顧慮。」

我們也不趕時間。

白唯開心地點點頭，拿出單眼相機拍照。

是從什麼時候開始，白唯喜歡上了拍照呢？

獨自一人，我越過白唯走向上坡道，淡然地踏進林蔭之中。

那裡有一條石階。

沿著這條石階再走幾分鐘，就可以看見高空景觀步道的入口了吧，印象中是這樣。

遠方還有一個頗有時代感、立於藤蔓花草之間的木亭。

我像是發現古城的考古學家，又或者像是發現美景的旅行家，一股對風景的敬意在心中油然而生。

我放慢腳步，想細心品嘗飄散在這空間裡的味道。

斑駁石階、老舊告示牌、泛黃的旅遊海報，還有上坡道旁年久失修的涼亭。

一股永恆的靜謐感，欲將我留在這與世隔絕之地。

清境農場，藤蔓木亭。

但無妨，為了此時此刻此地的風景，停留再久都值得。

白宣要是在這裡，定也會任憑思緒在這裡徘徊、任憑靈魂在這裡遊走。

我十分確信。

閉上雙眼，心中閃過一幕幕白宣拿著單眼相機拍照的模樣，我忍不住微微一笑。

站在石階起點的林蔭處，我重整思緒。

點點陽光透過枝葉縫細閃耀，周圍一片寧靜，空中飄散著冬天獨有的冷冽氣息。

忽起忽落的冷風迎面而來，刺得我的耳朵有點癢。

要是太冷可能會發紅。

「笨蛋光。」

有人從背後叫我，無疑是白唯天真開朗的聲音，但那個稱號是怎麼一回事！

我故意不出聲，也不轉頭，裝傻到底。

不清楚、不明白、不知道。

這行為似乎更加激起了白唯的興致，冷不防地，一頂毛帽被她直接套在我頭上。

喜歡惡作劇，而且從來不會隱藏這點的白唯，還墊起腳使力，整個人靠到我的背上。

我轉過身，戳了戳她的腦袋，把她隔開。

白唯露出狐狸般的笑容。

「笨蛋光，上高山旅行都不會戴帽子。」

「真的是忘記了。」

「唉，看來沒有姐姐在，你自己一個人旅行還是有問題。」

……沒有白宣在，我一個人的旅行會有問題嗎？

我可以一個人去綠島，可以一個人去東海岸，可以一個人去高美濕地，一個人去陽明山竹子湖，一個人去馬太鞍濕地，也可以一個人走遍東臺灣。

不意間，我已經學會了自己一個人去旅行。

但，這是需要辯白的事實嗎？

我的心裡萬般無奈，故作面無表情地搖搖頭。

我心裡明白，我想要跟白宣一起去旅行，想要白宣在身邊。

「那頂帽子就當作借給你，反正我有多帶帽子。」

白唯盯著被她偷偷戴上的毛帽，似乎很滿意剛剛的惡作劇，忍不住嗤嗤笑了起來。

我拿下帽子，發現是之前的狐狸帽。

再看看白唯的模樣，古靈精怪的她頭上沒有戴帽子，只有一條薄薄的米色披肩被她當作圍巾使用。

她露出好奇的表情，看著我的反應。

唉，這真的是讓人無法記恨也無法生氣的女孩。

「好啦，謝謝。但是這頂帽子妳很喜歡吧，記得一定要跟我拿回去喔，不要被我弄丟了。」

「我會記得啦，笨蛋光。」

「嗯嗯，走吧，經過前面的涼亭，再過去就是高空景觀步道的入口了。」

我向前指去。

白唯與我並肩，很快地我們踏進了藤蔓花草包圍的清境木亭。

木亭外有樹，不遠處還有一整排櫻花樹，只可惜粉櫻色還沒有在清境高山上渲染而開。

「這裡的氣氛，變了。」

古老的感覺。

白唯呢喃著，拿起相機。

我們放慢腳步，身處的涼亭是以山上木頭打造，由四根木柱撐起的亭子。一片片木頭鋪起的地面，踩起來還會有咿呀聲響。

暖陽映射，亭外有樹。

周圍飄散著花草芬芳，與淡淡的木頭香。

木亭的一部分被光芒吞噬，另一半被樹蔭覆蓋。

幾隻昆蟲，在木亭邊緣與土壤相接的潮濕處爬行，似乎有竹節蟲，還有獨角仙。

我隨性地問道：「白唯，拍完了嗎？」

「拍完了。但是，我們真的能遇到姐姐嗎？先不說姐姐可能去鹿谷鄉的那條溪頭步道，就算她今天是來這裡，我們也不一定能剛好看到她吧？」

時間、地點。

我們怎麼可能剛好碰到白宣？

白唯注視著我，她不容許我對這個問題裝傻。

我長嘆一口氣，無奈地看向亭外。

遠方有許多沒開花的櫻花樹，還不到回春之際。

春水未生，春林未盛，春風未起。

春天未至。

伸手摸向亭子的梁柱，清冷的溫度與老舊木頭特有的觸感傳來，我輕描淡寫但堅定地說道：「如果白宣是來清境農場的天空步道，我們就遇得到。」

「好，那我就相信你！」

白唯爽朗乾脆地躍出木亭，大步往天空景觀步道入口走去。

我為什麼這麼賭定，如果白宣來這裡我們一定遇得到上她呢？

這是因為……

走出木亭，我看向午後晴朗的天空。

和煦的陽光高照。

來到仁愛鄉高山上的清境農場，能看見湛藍色的天空、層層山巒，與在山峰之間流淌的霧海。

在很久以前，白宣曾經說過她最想看的風景——

光景流轉而至。

「吶，透光兒。」

「怎麼了？」

放學後的我才剛剛收好課本，就聽到座位後方傳來的聲音。

「我們不是要去臺灣各地的天空步道嗎？你猜猜，我最想站在步道上看什麼風景？」

「嗯，妳想看什麼風景？」

她笑而不語，淡淡地將視線望向窗外。

春天，春風順著敞開的窗戶流入教室，捎走了多餘的黏膩與煩悶。舒服得令人微笑。

教室後方的時鐘，時針繞過了四，正轉向五。放學的鐘聲在半小時前響起，四點多了，夕陽也即將西落。

白宣坐在自己的位置上，靠窗。

坐在她前方的我把椅子倒轉，跟她用著同一張桌子。這是我們待在放學後的教室常常做的事。

此刻，我的眼中只有坐在對面的白宣。

白宣坐得筆直，穿著合身的白色制服，柔和的水藍色短領帶順著胸前落下，單手擱在筆記本上。另一隻手，正將耳畔的髮絲別向耳後，露出白嫩的側臉。

擁有透明而空靈的氣質，雙瞳明亮的她，依然看著窗外。

我與她迎著漸漸變弱的金黃色陽光，與十里春風，直至暖橙色的光芒漸漸豐富了整間教室的色彩。

好安靜。

好不可思議……

白宣手上握的自動筆、柔順而筆直的栗色長髮，紛紛在筆記本上留下影子。她輕抿粉嫩嘴唇，一句話也沒說。

夕陽成為了襯托她的背景。

暖橙色、橘黃色、點點金黃，紛紛揉進了背景。而在這色彩繽紛的背景中，白宣那細緻而美好的臉蛋——

我看傻了眼。

雖然美，但那也是迷茫。

同時也是拒絕他人輕易靠近的透明冰牆。

窗外，是三五成群的學生，相伴著放學離校，還有換上運動服在操場上揮灑汗水跑步、打籃球的同學。

「啊，是夕陽。」

我後知後覺地答道。

白宣愣了一下，靈動的睫毛輕眨，回過頭，輕輕地笑了。

「透光兒你說對了。」

「正常的。仔細一想，白宣妳很喜歡在教室待到夕陽出現的時間，才收拾東西回家。」

「因為我真的很喜歡夕陽。透光兒，從遙遠的山邊一路穿越了操場、草坪、教學大樓的夕陽，真的很美呢。」

「嗯，我也這麼覺得。」

我發自內心地附和，指向教室後方。

白宣不解地歪了歪頭，頭順著我的手勢轉過去。

燦爛而繽紛的夕陽光芒映射著教室，畫出了無數道課桌椅、書櫃、書本的斜影。

教室最後方的置物櫃上有個黑板，被夕陽所吞沒。

「透光兒，你好像真的很瞭解我耶。」

「是嗎？」

「真的。」

我有點不好意思地搔搔頭。

是因為相處一陣子了吧，自從我在圖書館遇見白宣、自從我開始協助她製作影片。

我們邊確認著彼此在心中的位置，邊試探著彼此在身邊的位置，最後，走到了這裡。

白宣放下筆，修長的手指平放在潔白的紙頁上。

「你不要害羞。」

「……好。」

「呵呵，透光兒，你的臉還是有點紅喔。」

「真、真的嗎？」

似乎是覺得我的反應很好玩，白宣接連問了幾次，她的雙瞳直勾勾地注視著我。

一般來說，在這樣的注視下怎麼有人會無動於衷，完全不受影響呢？試了幾次，我才平復了快速跳動的心臟，重整思緒。

「好了，我沒有害羞了。」

「那就好。」

白宣淡然地勾起嘴角，雙眸盯著我，卻有股越過我的感覺。

與我的距離似乎再次拉遠。

「是說，白宣，我們上次決定要一起拍影片，但是要去哪裡拍呢？」

「就是上次聊到林梢步道的時候，我說的那個主題——透光兒，有一天我們一定要把臺灣最美的空中步道走一遍！」

「最美的空中步道？」

白宣輕輕點頭，說道：「對，影片裡一定要有我們站在步道上看到的夕陽。站在平常站不到的高度，視野跟感受一定差很多！」

「那我懂了。」

我瞄了幾眼白宣手掌下的手帳，她今天似乎就是在寫臺灣最美空中步道的企劃。

在閒聊中，投射在水昆高中操場的夕陽漸漸暗淡。

夜色降臨。

「走吧，透光兒。」

「好。」我收起桌上的紙筆。

白宣緩緩站起身，黑色百褶裙下筆直的美腿伸展，露出。

她是徹底的裸腿派。

白宣帶著課本，走到後方的置物櫃。

她的雙手往身後一順，裙襬輕搖，蹲在置物櫃前整理課本。我看了一眼她放在桌上的素黑色側背包，順手拿了起來走向她。

側背包有白宣身上那股獨有的青檸香氣。

直到她起身，就站在我面前，栗色長髮垂落在她的胸口。

「白宣兒，走吧。」

「喔，你幫我拿了啊，謝謝。」

白宣微微一愣，伸手接過側背包，將側背包背在左肩上。

我們一前一後走出教室。

不忘了鎖上門。

走在回家的路上，白宣從口袋裡拿出手帳。

「透光兒，我剛剛有整理一份清單。」

「嗯嗯。」

「天空步道專題，南投預計的目標有三個——清境農場的高空景觀步道、信義鄉的琉璃光之橋、鹿谷鄉的溪頭空中走廊。這三條空中步道，我打算都去一趟，實際走過一遍、看過一遍。」

只是南投就有三條想去？

那全臺灣要去幾條空中步道呢？

雖然麻煩，雖然成本很高，但很像是白宣的作風。

我聳聳肩。

「白宣，我一定會跟妳一起去拍，但這個企劃預算有點高喔。」

「沒關係，我已經愈來愈紅了，不怕。」

「也是。」

我眨眨眼，白宣的雙瞳剛剛閃耀過一絲夢幻的光彩。

她充滿了自信與期待。

甚至無須思考，我知道她不是因為人氣而自傲，而是因為能拍自己想拍的影片，感到雀躍。

「還有高雄的崗山之眼，更南邊的心向樓……這個週末，我們先去清境農場，可以嗎？透光兒。」

「可以啊，我有空。」

這對我來說，根本不是需要花時間思考的問題。

回過神來，我正站在入口。

身邊是穿著純白棉衣，上面有著一顆顆橘子圓點的白唯。她頸間圍著米色披肩，隨著微風飄動。

「笨蛋光，你又在恍神了。」

「……抱歉。」

「我不想聽到抱歉。」白唯苦惱地用手拍拍頭頂，那是一副不知道該怎麼辦的煩惱模樣。

那妳想聽到什麼呢？

我不想在這個問題糾結，於是往前邁步，沒有多說。

背後傳來白唯跟上腳步的聲音。

我們在入口處付了門票費用，進入了清境農場的高空景觀步道。

白唯迫不及待地向前奔去——栗色長髮向後飄散，那雙線條美好的長腿一步步往前跑。

跑到一個視野遼闊的觀景點後，她才停下腳步。

腳下有著綿羊在草地上奔跑的彩繪。

「嗚哇！」

「哈哈，白唯，走在上面很特別吧？」

晚到一步的我笑著問她。

白唯的臉蛋上沐浴著暖和的陽光，露出如晴天般的燦笑。

高空步道可以看到平常不曾感受到的視野。

此刻的我們正在眺望著中央山脈、奇萊山系、合歡群峰，那都是清境農場附近的高山。

周圍的層層山巒，讓我們一覽臺灣高山風景。

白唯駐足遠眺，我站在她身邊。

散落在山間的民宿、偶有的一片片茶園梯田、陽光照耀著的青綠色草地，與山峰之上水藍色的天空。

美好的大自然。

「群山包圍的感覺很棒吧？」

「很好看。」

「對吧……」

我還沒說完，就被收回視線的白唯給打斷。

她微微皺眉。

「笨蛋光，雖然風景好看，但是不好玩啊！我又不是姐姐，我想要更好玩的東西。」

「是、是這樣嗎？好吧……」

坦率的白唯雙手離開欄杆，戳戳我的手臂，繼續往前方走去。

清境高空景觀步道一共有六個觀景臺。

觀景臺的地上都有畫上特別的圖騰，象徵著清境農場的某處。像是彩虹風車、紅色風車、夜晚的草原、迷茫的綿羊。

迷茫的綿羊……

我望著觀景臺的白色欄杆，過往回憶忽然湧起。

在白宣的企劃中，她想在最後一個觀景臺的欄杆上，放上一個綿羊玩偶。讓穿透群山峰頭的夕陽作為背景，留下獨屬這裡的照片。

「柳透光，你在幹嘛？」

「喔、喔，來了。」

抬頭一看，白唯已經走出了一段路。

我跟著白唯，一起走在步道上。

她很喜歡走在步道邊緣，邊往下看、邊伸手輕撫欄杆。

高架步道與地面草坪的高度落差很吸引她。

也是吶，不同於走遍臺灣各地、上山下海的白宣，對於白唯來說，很多體驗都是第一次。

時值寒假，不少旅客在步道上行走。

有些人跟白唯一樣拿起相機拍照，我也看到了幾位可能是 Youtuber 的人在拍影片。

直到這時，白唯才從包包裡拿出狐狸面具戴上。

「走到這裡才發現，這一條步道架得好高喔。」白唯發出驚嘆，端起了胸口的相機。

鏡頭對準了一旁的枝葉。

「嗯，很高。」我點頭回應。

當初跟白宣一起擬訂的企劃，作為白宣的伙伴，我也仔細看過了清境農場高空景觀步道的資料。

到今天我還記得。

「這條步道很特別，因為是採用隱匿式高架設計，所以我們才能在樹林間穿梭，看看周圍就知道了。」

「周圍？」

「對。」

再走了一小段路後，風景漸漸發生變化。

步道兩旁的景色換成了枝葉茂密的樹冠層，樹枝和樹葉緊密交替，是平常難以看見的風景。

步道很長。

長得能聊遍春夏秋冬。

我與白唯在步道上漫步行走，不作多想。

有時步道一邊是綠意盎然的林間樹叢，另外一側則是往谷底溪流而去的翠綠色斜坡。

走在步道上，下方綠草如茵，午後陽光將綠草地渲染成迷人的金黃色。

「白唯，那邊的草皮很美喔。」

「什麼？在哪？」

白唯聽到我的提醒，連忙走到我這一側。

快門聲響起。

身為追逐夜星的白宣一員的我，與白宣在春夏秋冬走過臺灣的東南西北，當然比白唯更快捕捉到最佳景點。

「白唯白唯，那邊、快看，那邊的心形草地上有一棟房子，可以迎著午後陽光去拍。」

「在哪、在哪？」

「在那裡啊。」

不知道為什麼，或許是想讓白唯也看見那般美景，急切的我向著遠方一指。

白唯一蹦一蹦到我旁邊。

從半空縮回來的手，略過了個子比我小一點的白唯頭頂。看著她專注拍照的模樣，我忍不住用手摸摸她的頭。

「還有那邊的白色步道，很遠很遠那裡。」

「嗯，好。」

「山坡上的水藍色風車，背景有霧藍色的山峰、淺淺的白雲，孤單地矗立在山坡邊。」

「柳透光，你還真是熟練呢。」

我瞬間無言。

白唯則富有深意地笑了，有若狐狸在微笑。

快門聲此起彼落。

我們持續前進，走走停停。

這條空中步道就像是一隻盤旋在清境農場山頭的白色巨龍。像我們一般的旅客走在步道上，踏過山坡綠地、越過青綠色草坪、穿梭林間、跨越了車道，融入了這裡的大自然。

我們走過了一個又一個的觀景臺，緩緩來到步道尾端。回頭一望，遠方的群山景色，甚至有從花蓮翻山而來如雲一般的瀑布映入眼中。

深谷的野溪、薄霧山嵐，美得無與倫比。

「白唯，快走完了。」

「嗯，感覺走很久了。」

「最後一個觀景臺，我記得地面上是畫著夜晚的風車，那也是白宣想在欄杆掛上白綿羊玩偶的地方。」

遠方出現了青青草原上的水藍色風車。

我在心中思忖。

要是白宣有來清境農場的高空步道，她一定會在這裡掛上綿羊玩偶。對於白宣來說，那個行為有獨特的意義。

綿羊本身也有特別的含意。

只是我還不知道而已。

當初的空中走廊企劃，南投的三條路線——清境高空景觀步道、溪頭空中走廊、琉璃光之橋。

扣掉白宣昨天已經去過的琉璃光之橋，剩下的就是溪頭空中走廊，或是我們正在走的清境高空步道。

二分之一的機率。

「希望讓我猜對啊……」我呢喃祈禱。

走著走著，氣溫愈來愈涼爽，時間也愈來愈晚，終於我們抵達了最後一個觀景臺。

地上畫著夜晚的草原與風車。

我默默地環視了周遭的三兩人群，走到向外延伸的觀景臺邊，仔細看過了純白色欄杆。

沒有綿羊玩偶。

意即，白宣現在還沒有來過這裡。

白唯湊了過來。

她有些擔心地盯著我瞧，很露骨，因為她沒有想隱藏。

發現我沒有流露太多失落後，她鬆了一口氣。

「沒有吶，白唯。」

「那怎麼辦呢？」

「……嗯，我想想，我們先去其他地方玩，快要日落時再過來。」我認真地說道。

「白宣如果要來這裡，一定會等到夕陽出來，我們到時候就能遇到她了。」要是她真的有來。

「好喔！」

白唯的小手在腰間輕輕握拳。

我們走向步道終點。

以地理位置來看，走完高空景觀步道後，高空步道的終點剛好連接到青青草原的南方入口。

青青草原很適合白唯，符合她想玩的要求。

「柳透光，現在我們要去哪裡？」

「去青青草原。」

「那裡是什麼地方啊？」

白唯好奇地問。

我正要回答，她卻一個箭步越過我身邊。栗色髮絲飄逸，她跑到欄杆邊，興奮地探出上半身。

這個動作有點危險，我快步走上前，準備拉回她。

「柳透光，那裡有羊耶！」

「喔喔，當然啊，因為我們快到青青草原了。」

「青青草原有很多羊嗎？」

「很多。」

「那我們快去吧！」

活潑的白唯一點也沒有隱藏內心的渴望，她往終點奔去，很快就離開了清境農場高空景觀步道。

我在原地愣了幾秒，才加快速度追上她的背影。

好熟悉吶。

一前一後，我們走完了清境農場的空中走廊。

群山風景，稍稍閉眼仍會想起。

實際走完了追逐夜星的白宣「臺灣最美空中走廊企劃」的一條步道。

一走出高空步道的北邊出口，對面就是青青草原的南邊入口。綠色的草原斜坡，側邊有著深綠色樹林。

在遠方青草地上慵懶吃草的羊群零零落落，四散各地，一點也不怕人靠近。

我與雀躍的白唯走進了青青草原的入口，沿著走道一路向上。

這裡的羊還不多。

「柳透光。」

「嗯。」

「乾淨的高山草原一望無際，還有可愛的羊咩咩，我喜歡這裡！」

白唯雙眼發亮，以對待愛惜的事物的口吻說道。

看得出來，她很珍惜這裡。

「你和姐姐常常來這樣的地方嗎？」

「算是很常吧。」

「可惡。」

「妳在可惡什麼啦。」我無奈地笑了，「白宣喜歡去的地方跟妳喜歡的地方不太一樣。」

「那你呢？跟姐姐一起旅行的景點，那些地方也是你喜歡的地方嗎？」

「幾乎都是喔。」

這個回答發自內心。

白唯只是若有所思地點點頭。

像是綠島的小長城與濱海溫泉，像是東海岸的祕密海岸，像是臺中的高美濕地，還有南投的茶鄉名間、日月魚池。

我們一起抓過魚。

我們一起抓過旭蟹。

「吶，白唯，我真的很喜歡跟妳姐姐出去玩。」

「要告白去找她，不要找我。」

「我知道。」

想到這裡，我的視線不經往上眺望。

正好我們也走上了斜坡，遼闊的青青草原映入眼簾。越過草原，遠方層巒疊嶂，山嵐依稀在山峰間流動。

離我們進入清境農場過了一段時間，午後的陽光漸漸微弱。褪去了金黃色光芒的渲染，充滿光澤、連綿不盡的青綠草地恢復了它原本的色彩。

幾隻綿羊在草地上啃草，十分慵懶。

碧草藍天。

風景清新、氣氛悠哉，簡直能洗滌人心。

「要走哪呢？」

「隨便走。」白唯直率地說：「只要在日落前回到高空景觀步道就好，那之前我們可以在這裡一直玩。」

「嗯，那我們就隨便走吧。」

青青草原的步道其實有很多條，我跟著興致高昂的白唯四處遊覽。

她邊走，邊哼著歌。

確實吶，在青青草原本來就沒有必要走到終點。

我們沿著木道散步，看一旁的標示，這條路似乎是萬里長城棧道。不久，兩座涼亭出現在步道彼方。

那似乎是很多人拍照取景的地點。

心中浮起以前做企劃時收集的資料，很多 **Bloger** 在青青草原的照片都有拍到那兩座迎著山坡而立的涼亭。

要是從較低的角度往上拍涼亭，還能把整片藍天白雲與青綠色坡地一起拍進去。

視覺效果非常震撼。

白唯腳步一停，這突如其來的動作讓我差一點撞到她。

「柳透光，那裡有風車耶。」

「是啊，妳要去就去，我會跟妳走的。」

她的雙眸裡，倒映著藍天。

……我注意到，白唯把面具摘了下來。些許汗滴出現在她的髮際邊，臉蛋泛紅，浮起可愛的酒窩。

在青青草原不戴面具？

我想了想，似乎也還好，這裡占地廣大、幅員遼闊。只要不要在人多的地方出沒，像是綿羊秀現場，應該都不會被注意到。

「我想去風車旁邊看一下。」

白唯說完，不待我回應，逕自轉向。

她走了幾步，與我拉開一小段距離後，突然回頭看我，確認我有跟上後才滿意地點點頭，繼續走。

這種反應我還是第一次遇到。

水藍色風車建在青青草原的山坡上，地勢較高，六角形牆面上畫著晴空與草原，與周圍的景色相映成趣。

手工的彩繪別有風情。

白唯拿起相機，退後幾步。

等到拍完，她才走向前去，伸手觸摸著風車的壁面。白皙的手指，在雲間的彩虹上遊走。

「柳透光，在這裡看到彩虹一定很浪漫吧。」

「嗯，但是可遇不可求。」

「我問你喔，你跟姐姐出去旅行，有一起看過彩虹嗎？」

「呃……」我認真地想了想，最後略帶失望地說道：「沒有，一次都沒有。」

即使我們去過了那麼多地方。

「好啦，該是我去找綿羊的時間了。」

白唯離開風車，走回棧道，露出開心的笑容，視線向四方望去。

她在找尋可以靠近的綿羊。

我記得青青草原有一座歐風的小城堡——綿羊城堡，那裡有一群圈在柵欄之中的綿羊。

要是想近距離接觸綿羊，很適合去一趟綿羊城堡。

「白唯……白唯？」

我轉頭一看，發現白唯不見了。環顧四周後，我在不遠處的草坡地上看見了她。

白唯在我沒有注意到時，早一步溜到羊群旁。

「動作還真快。」我忍不住笑了。

她蹲在草地上，神情陶醉地看著羊群。其中一隻綿羊離她特別近，就在她前面吃草。

一點也不怕人。

白唯吞了吞口水，緩緩伸手撫摸綿羊。

穿著橘子圖案上衣的白唯，究竟會不會被綿羊當成食物吃掉呢？

以結果來說，沒有呢。

微風徐徐，太陽偶爾穿透連綿白雲之間的縫細，灑落到廣闊的青綠色草原

上。

午後的氣溫十分溫暖。

眼前的女孩與羊的相處，也十分溫馨。

望著身前的一人一羊，再看看遠方的群山，長長地呼了一口氣後，我徹底放鬆。

有一瞬間，還以為不用再牽掛其他事了。

直到我看見那在空中飄逸的栗色長髮。

離夕陽西下還有一段時間。

「白唯，妳要去綿羊城堡嗎？」

「再等一下。」

「好。」

白唯在青青草原上跟綿羊相處很融洽，我也不知道為什麼，綿羊始終沒有反抗白唯，或是走離白唯身邊。

她溫和的輕撫與晴天般的燦爛笑容，可能讓羊也覺得很舒服吧。

不知不覺間，白唯周圍聚集了四、五隻羊。

儼然形成了小小羊群。

白唯就是領頭羊。

她原先蹲在羊群中央，現在乾脆屁股落地，蹲坐在草地上。

看起來很可愛。

她抬起頭，故作嚴肅地大聲說：

「我決定了，柳透光！」

「決定了什麼？」

「回家以後，我要養一隻綿羊在家裡！」

「那是不可能的……而且，妳就讀全住宿制的高中，養在家裡相當於妳爸爸、媽媽跟妳姐姐養吧？」

白宣是不可能養綿羊的。

要是真的養在家裡了，她只會迷茫地凝視綿羊，跟著羊群一起呈現空靈一般的狀態。

如果要讓白宣帶羊出去玩，她可能會去河堤上放羊吃草，然後她在河堤的草坡地坐下，任憑思緒飄向遠方。

這個想像太有畫面感，讓我一時說不出話。

「也對吼。」

白唯後知後覺地垂下頭，雙手不再觸摸綿羊，懸在半空幾秒後，平放在膝蓋上。

筆直的栗色長髮滑落她的肩頭，像是瀑布一般傾瀉，正好隱藏住她的側臉，讓人看不到她的表情。

她在失落嗎？

還是難過呢？

我很少看見白唯這樣。

上一次看到情緒低落的她，應該是一起去宜蘭的萬葉屋溫泉泡湯的時候吧。

不只是因為不能養羊，還有因為她在寒假結束後，要返回全住宿制的高中了。

再也不能任意跟我們出來旅行。

我抿抿嘴唇，蹲了下來，與白唯保持一致的高度。

「妳抱著羊，我來幫妳拍一張照片吧。」

「……嗯，好啊。」

「去抱吧。」

沉默與糾結畢竟不是白唯的風格，她很快甩開了負面情緒，站起身環視身邊的羊群。

「吶，柳透光，先幫我這樣拍一張。」

白唯站在溫馴的羊群間，像極了牧羊小女孩。

在那之後她選了一隻最喜歡的綿羊，蹲坐在羊的身邊，單手輕撫著羊毛，讓我拍下了照片——

那群羊懶洋洋地吃著草，但跟白唯一樣看起來都很幸福。

我們在青青草原的山坡地草皮停留了很久一段時間，後來還走到靠近草原北方的綿羊城堡。

那裡有另外一群圈養在柵欄內的綿羊。

可以買飼料餵牠們吃。

由於綿羊城堡的觀光客比較多，屬於熱門地點，白唯謹慎地戴上了狐狸面具。

看著狐狸面具，我心裡不由得湧起一個疑問。

這群綿羊難道不會怕她嗎？

白唯的氣質跟一隻淘氣的狐狸沒有兩樣。

在綿羊城堡，白唯盡情地玩耍，買了一些飼料，把手伸進欄杆內讓羊群們舔舐。

「差不多囉，白唯。」

「好啦，不要催我……嗚嗚，再見了，羊咩咩。」白唯伸出雙手，最後一次搓揉著羊的頭頂軟毛。

她依依不捨地離開羊群。

我們走回木道，必須在日落前返回高空步道的觀景臺。

「白唯，低調點。」

「我看到了。」

離開綿羊城堡時，我與白唯都注意了到有些人在看我們。他們低聲討論，但沒有人上來追問，這讓我稍微鬆了一口氣。

白宣消失了。

頻道不再更新。

在追逐夜星的白宣頻道中，我是白宣的伙伴墨跡。那走在我身邊戴上狐狸面具的女孩子，身分當然很可疑。

尤其對白宣頻道的粉絲而言，身為雙胞胎妹妹的白唯，她的身影是那般熟悉。

同樣擁有栗色的柔順長髮，氣質清新、皮膚白皙，一雙長腿的線條美好得不可思議。

會有人會懷疑她是白宣也很正常吶。

在走回清境農場的高空景觀步道路上，白唯加快了腳步，有時甚至會走到我前頭。

我們順著青青草原的南方下坡道走了下去。

這個下坡過去，對面就是高空景觀步道的入口了。白唯一馬當先穿越馬路，我小跑步跟上她。

鄰近高空景觀步道，我的心反而平靜無比。

意外嗎？

或許，從寒假開始的這一趟旅行，我已經接觸了許多平常不曾接觸的事，也瞭解了很多平常不曾深入的內心。

白宣跟我說過的話，還有從銀柳道挖出來的時光寶盒裡，那封扣人心弦的信。

印象都很深刻。

白宣若是來清境農場，那很好。

白宣若不是來這裡，那也沒事，我與白唯就繼續旅行。

深深吸一口氣，我重整思緒。

走近白唯身邊，離觀景臺愈來愈近，我隨口問道：「吶，白唯，妳為什麼這麼想找到白宣呢？」

「因為我很擔心她。」

「嗯嗯。」

「寒假開始前幾天她看起來有點奇怪，不接我的電話也不回訊息，影片也沒在做了，似乎在煩惱著什麼。」

白唯納悶地望了我一眼，以追憶的口吻續道：

「從小我跟姐姐一起長大，姐姐常常流露出憂鬱的氣息……話說，這個我在綠島的碼頭應該跟你說過啊。」

「是嗎？喔喔！」

我故作今天才是第一次聽到的模樣回應。

但其實，我只是想再問一次而已。這個演技也不知道能不能瞞過白唯銳利的雙眼。

她瞇了瞇眼眸，流露出一個微帶不屑的神情。

我心裡嘆了一口氣。

時間充裕，我們沿著林間的步道穿梭前進。邊閒話家常，邊聊著下一個地方想要去哪裡玩，偶爾白唯會停下來很快地拍幾張照片。

下一個地方可能是去高雄吧。

天色漸暗，山嵐漸濃。

原先占據天空的藍天向遠方退去，隨著時間向晚，被火紅色交織著橘黃色的刺眼光芒取代。

無盡霞陽。

到了快黃昏的時間，天色變換的速度飛快。

在夕陽出現在天邊時，我與白唯已經走到第六個觀景臺。看了地板一眼，地面上畫著夜晚的風車。

這裡，也是白宣想在欄杆掛上白綿羊玩偶的地方。

「白唯，妳去欄杆那邊看一看有沒有綿羊玩偶，我去後面巡一圈。」

「好喔。」

我們各自巡視了一圈，在觀景臺附近什麼都沒有發現。

「看來，白宣沒有來這裡。」

我正想嘆氣，卻被白唯輕輕地撞了一下。

「白唯，怎麼了嗎？」

「不要露出要死不活的模樣。」

「我不會那樣的。」

「那就好。」白唯單手握拳，富有元氣地說道：「柳透光，我們就先在這裡等姐姐，如果姐姐有來我們一定看得見。」

「好呀。」

「如果姐姐沒有來，你也有下一個地方可以去找她，對吧？我們本來就沒有一定要在這裡找到她。」

不等我回應，白唯一轉頭，雙眼再也不看向我，她凝視著觀景臺與經過我們眼前的旅客。

白唯說的沒錯。

白宣在南投的琉璃之光橋現身，是為了臺灣最美的天空走廊企劃——也是只留給我一人的暗示。

那白宣可能會去的天空步道，我當然還有名單。

在觀景臺後方空曠的區域，我與白唯迎著夕陽而立。

暖橙色與金黃色間透出一絲絲火紅色，夕陽的千丈光芒宛若有上千種溫暖的色彩交織。

山嵐與白雲都染了色。

等白宣的過程中，百無聊賴的白唯拍著夕陽。這一趟在清境農場橫跨高空步道與青青草原的旅行，白唯一直在拍照。

之前她還不會這樣，是找到興趣了嗎？

我看向她的側臉。

專注捕捉風景的白唯絲毫沒有留意。

「是說，白唯，妳最近喜歡上攝影了？」

「對啊。」

「為什麼突然想攝影呢？」

「因為……」

白唯結著巴、一時說不出話，拿著相機的手動作僵硬，隱藏在耳畔髮絲內的耳根慢慢漲紅。

這是白唯幾乎從未有過的模樣。

所幸，扭扭捏捏不是她的個性，幾秒後她直率地說道：「一直以來，我都有保存美好風景、令人開心事物的習慣。最近我翻手機相簿，發現隨手一拍的照片很多很多，都是那些可以隨便刪掉的照片。」

「嗯。」

「我就想，與其要多，不如要少。」

「要少？」

「對呀。」她想也沒想地說。

這讓我說不出話，張到一半的嘴閉起。

她的回答是那般純真，毫無雜質。

白唯清秀的雙眉彎起，天真的眼瞳卸去了全世界的心防，她害羞地莞爾，似乎意識到正說著屬於自己的信念。

「我想在美好的事物上花費大量時間，讓那些事物不再只是匆匆而過。所以我想學會攝影。」

「原來啊。」

我發出驚嘆，認同地點頭。

白唯一口氣說出的內心想法，非常符合她的個性。

「姐姐消失了，我為了找她而踏上旅途。因為這樣，我才有機會去好多地方旅行，看到這麼多美好的事物。」

喀嚓一聲。

白唯拿相機拍下了美麗的天空。

「盡量拍吧，白唯。前方的路不需要太多行囊，但我們可以帶上美好的回憶。」

我與白唯在觀景臺等著夕陽到來，直至太陽西下，夜幕降臨。到最後，白宣沒有出現在高空景觀步道。

綿羊玩偶也不在那裡。

天色完全暗了，我與白唯決定不再等待。高空步道的出口處，周圍只剩下微弱的路燈，與遠方的民宿燈火。

「回去了。」

「嗯，走吧。」

我們往回走去……這時，手機彈出訊息。

「白宣今天在溪頭空中走廊出現了。」

見我沒有回應，王松竹又傳來了一張照片。

定睛一看，白宣在溪頭空中走廊的木棧道上，單手扶著神木。

有人從後面拍到她的背影。

白宣身穿水藍色柔棉連帽外套，外套下襬與袖口有著純白滾邊，連帽鬆軟軟地放在肩膀後方。

柔順的栗色長髮，有一截被白宣收在帽子裡。

雙眼常常透出迷茫，偶爾露出憂愁的白宣穿上那件外套，柔和的色彩把她的迷茫與不知所措定格後，放大。

「喏，白唯。」

我把王松竹傳來的訊息與附上的照片遞給白唯看。

白唯只是看了一眼，就認出了照片裡的人。她無可奈何地捏著披肩兩端。

我們兩人在黑夜中對視，苦笑。

「白唯，我們回民宿吧。啊，回去之前還要先去拿行李。」

「對吼，差一點都忘了。我全身都好累，想回民宿泡個熱水澡，然後跳到被窩裡。」

「我也好想啊。」

「柳透光，明天我們要去哪呀？」

「去高雄。」

我們走回了旅客服務中心，取回下午寄放的行李，並在原地等著民宿的接駁車。

「姐姐會去那裡嗎？」

「……我想會吧。」

坐上了返回民宿的接駁車，我終於稍微放鬆了。

白宣會不會去那裡？

會吧？

坐在車裡，我像是刻意分散注意力似地凝視窗外夜景，接駁車行駛在夜晚的道路上。

依照記憶裡，我與白宣一起寫出來的「臺灣最美空中走廊」影片企劃，這次，又是二選一的選擇了。

# CHAPTER 3

# 前路不需多餘的行囊

旅店的名稱叫做秋釀。

根據網路上的介紹來看，是一對很喜歡在秋天上山，走入森林與群山之間的老夫妻開設的民宿。

秋釀的面積很大。

穿過花園，樹叢掩映的土地上蓋著十幾間小木屋，有雙層的，也有三層的，都是獨棟的型態。

想讓所有旅人在旅途中留下美好的記憶，休憩的地方當然也是重要的一環。

這是那對喜歡秋天的夫妻，經營秋釀旅店的理念。

清境農場附近的民宿與山莊很多，但只有少數店家有顧慮到整體環境保護，建設上盡可能不影響到風景。

白宣很喜歡秋釀，是因為他們盡力融入大自然。

夜晚時分，我們走下接駁車後，越過馬路。

通往秋釀的林間小道出現在路旁。

「小心看車啊，笨蛋光。」

「唔，抱歉。」

一時沉迷於思緒中，我沒有太注意路況，被白唯伸手拉了一把。接駁車離去後，那一條馬路上再也沒有其他人，也沒有了聲音。

寂靜無聲。

黑夜早已降臨，蒼白的路燈與微弱月光是此刻此地唯一的照明。我與白唯並肩行走，走進了灰暗的林間小道。

前腳踏進，蒼白的微光被樹葉所遮蔽，心中跳了一下。

我想起了在小琉球的回憶。

那次我跟白宣在小琉球的一條小道走著，好像是去找梅花鹿吧。

放眼望去，小徑一盞路燈都沒有，月光也被厚重的雲層掩蓋阻隔，一片漆黑。

我連自己的手，與身邊白宣的臉都看不見。

那是宛若被無盡黑暗吞噬的感受，直到今天，我還記得當時心底湧出的畏懼。

還有，白宣那雙拉住我、為我指引方向的手。

視野回到通往秋釀旅店的林間小徑。

要是老闆夫婦能在這條路上，設置幾盞路燈或指示燈，會好很多吶。

天不怕地不怕的白唯，忽然以略帶怯弱的聲音說道：「柳透光，好黑。」

「嗯。」有什麼辦法，我也覺得很黑。

「還要走多久啊……這裡什麼都看不太到，柳透光？為什麼這裡沒有燈……可惡……」

白唯的聲音聽起來有點緊張。

我故作沉穩地說道：「沒事的，前面就是了。」

伸手不見五指的黑暗最恐怖了。我們又走了一小段路，慢慢有了月光照明。

好險，我在心裡鬆了一口氣。

白唯恢復了樂觀開朗的神情，不好的記憶瞬間就被她遺忘了。

「柳透光，我們是住什麼樣的地方呢？」

「我訂了一間雙層的小木屋。」

「喔喔？」

「從網路上看別人的推薦，每一棟小木屋外面似乎都有獨屬的空間，可以在那邊看星空喝咖啡。」

「這裡這麼黑，沒有光害的高山一定看得到很多星星吧？」白唯仰頭凝視著夜空。

一會兒後，她眨眨眼望著我。

待。

白唯站得筆直，乾淨得像天空之鏡一般的雙瞳，透露出令人難以拒絕的期

「看得到。」我認真地說。

樹葉稀疏的樹木將這一塊土地與外界隔開，林間小道一點也不短，我們走了好一陣子後，才望見了道路終點的一間小木屋。

橙色燈光在遠方亮著。

我拿出手機傳訊息給老闆，繼續走著。直到鞋子傳來的觸感產生了變化，我意識到走出了小徑。

以草書寫下的秋釀招牌，立在最靠近終點的小木屋前方。這整塊營地都是秋釀旅店經營的範圍。

至少有十間小木屋蓋在這塊土地上。

放眼望去，每間小木屋門前都掛著一盞暖橙色的壁燈，維持著最低能見度。這樣也好看星星跟清境農場附近的夜景。

「到了。」我說。

「那，現在要去哪？」

「我們要先去老闆所在的木屋報到，跟他拿鑰匙。」我想了想，不確定地

說道：「櫃檯跟餐廳大概也在那裡。」

「嗯嗯，我懂了。」

白唯輕輕旋過身去，看向「秋釀」木牌旁的小木屋。

「柳透光，感覺就是這棟了。」

「是嗎？」

「我去看看。」

白唯逕自走向小木屋門口。我微微一笑，跟上她的腳步。

這是我第二次來秋釀旅店。

但，第一次來的時候沒有記住太多細節。

想到這裡，我只能無語地走著。

空氣間有股清新素雅的氣息，沒有多餘的人聲，宛若身處深林一般。

小木屋與小木屋之間以矮小的木柵欄作出區隔，木屋前，木製告示牌刻著可愛的字跡，插在地上。

白唯走上前查看的小木屋，名字是「秋」。

「看來就是那裡了。」

秋釀的老闆夫婦很喜歡秋天，才在這裡開設旅店。

我也不知道這是真實的事，還是一個為了情懷、為了吸引文青旅客而無中生有的故事。

這塊土地上的民宿，向來都不缺故事。

白唯走近小木屋，徘徊著似乎在確認什麼，幾秒後她露出自信神情，高聲喊道：「柳透光，櫃檯真的是在這裡。」

「喔，好，等我一下。」

白唯的聲音清亮而充滿靈性，猶似一隻在夜晚鳴叫的小鳥，劃破了寂靜。

等到我走到她旁邊，白唯好奇地指向插在地上的秋字木牌。

「等等，你看這個。」

「我有看到了，秋釀旅店經營的小木屋都有名字。」我思忖片刻，續道：「秋天當然是其中之一。光是我記得的就有……春夏秋冬、梅蘭竹菊、棋琴藝畫。」

「這麼多，那我們住哪一間？」

「春。」

想也沒想，我飛快回答。

或許是基於對春天的期待，又或許是四季中已經沒有其他更想選的季節，訂小木屋時我毫無猶豫。

白宣最喜歡秋天。

因為那是與她的氣質最相符的季節。

當晚，在小木屋裡跟老闆拿到鑰匙後，老闆親自帶我們前往小木屋「春」，還告訴了我們怎麼在小木屋看星空，如何在秋釀旅店的所屬範圍欣賞附近的群山夜景。

夜色深山。

璀璨星空。

「如果有什麼需要就打給我，吃的喝的我們都有準備。」

老闆離去前，熱情地叮嚀著。

我關上了門。

獨棟的小木屋，只有我與白唯二人，享受著極大的個人空間。一想到今天晚上住在這裡，身心也放鬆了。

小木屋春，一共有兩層。

一樓作為廚房與客廳，在二樓有露天陽臺還有兩個隔間。室內擺設很簡單，沒有多餘的家電。

設計上理所當然地採用大量原木色，盡可能呈現自然的樣貌。

屋內始終有股木頭清香飄散，腳踏著的木頭地板更是質感溫潤。

氣氛清閒，呼吸愜意。

放完行李後，我坐在一樓的沙發上想著事。

從二樓晃下來的白唯，則像是失魂落魄的幽靈一般，向前栽倒在沙發上。

「笨蛋光，好餓，我不行了。」

「哈哈，那我們趕快去吃飯。」

「背我。」

「背得動嗎？」

「你！」白唯惡狠很地盯著我。

要是白唯還有力氣，肯定會伸出手捏一捏正坐在沙發上的我。但是，現在的她沒有力氣了。

今天一早，我們從臺北南下，在清境農場中玩了好久好久。

她沒有力氣也是很正常的事。

景色絕美的天空景觀步道。

與羊相伴的青青草原。

一直到剛才走進小木屋，我們才終於稍稍休息。

不同於常常上山下海、走遍臺灣各地的白宣，很少出遠門的白唯體力也到了極限。

要是不趕快去吃飯，可能我真的要背她了。

「白唯，妳這麼累的話……」我猶豫著要不要摸摸她的頭，最後卻不敢伸出手，只好溫和地說道：「不如我問問櫃檯，能不能把餐廳的食物送過來這裡？」

「我是很累……」

「所以？」

「但我還是想要走過去吃。」白唯抬起頭，把臉蛋埋進手掌中，像是激發最後一點能量。

「好不容易來這麼好的旅店，要是連吃晚餐都在自己的小木屋裡，我能看到的東西就變少了。」

「也對。」

「趕快走吧，我的衣服還有草的味道，想早點洗澡。」

白唯嘀咕著，將衣服放到鼻尖嗅了嗅。

走出門外，微風吹拂著我們。

白唯伸手整理隨風飄逸的栗色長髮，撥順稍亂的髮尾。那雙眼眸流露出明顯的疲憊，但她還是邁開了腳步。

小木屋「秋」是一間遠比其他小木屋更大的屋子。

寬敞的一樓設有小巧的接待櫃檯，前方有許多張圓形木桌與木頭椅。

一桌桌散開，有幾組客人比我們還早到。

老闆娘與老闆，在開放式的廚房裡料理。我們享用了以來自南投山間食材烹煮而成的料理。

野菜，與野味。

白唯看得眼睛發亮。

每一道菜端上來，對她來說都像是開啟未知的藏寶箱。

最近開始透過攝影記錄生活中美好時刻的她，讚嘆之餘也會拍起照片。

我與白唯在能看見開放式廚房的圓桌坐下。

老闆娘親自下廚，除了跟附近的商家訂購食材外，似乎也有獵人會賣捕到的獵物給他們。

點完菜，白唯東看看、西看看，對料理食材的廚房很有興趣。一小段料理時間後，菜餚紛紛上桌。

肉質細嫩的清蒸高山鱸魚，煮出一道鮮氣十足的魚湯。平常較難吃到的山豬肉。

南投特產的香菇，酥炸完沾上胡椒鹽就很好吃了。鮮炸的野溪小蝦。

龍鬚菜小炒肉、口味稍酸的梅汁山蕨，還有老闆娘的自信之作，山翡翠伴小辣椒。

南投有很多野菜，更何況是清境農場的方圓十里。

白唯伸出筷子，夾起龍鬚菜。

「柳透光，這裡好多我沒有吃過的菜耶。」

「妳吃吃看呀。來南投旅行我很推薦吃野菜，這些都是在臺北很難吃到的東西。」

一愣，野菜勾起了我的記憶。

我與白宣，以前也在臺灣各地、上山下海吃著野菜料理，像是在東海岸民宿那次。

擅長野外料理的白宣挽起袖子，常常親手下廚。

「耶？那個，老闆娘推薦的山翡翠……很好看，也好好吃！」

白唯很快樂。

看到她發自內心湧起的笑容，我似乎也沒有那麼累了。

最後一道菜是劈開的竹筒上，放著拔絲地瓜。這一道菜，被我們帶回了小木屋的陽臺。

走吧，她說。

回到小木屋後，洗過澡的白唯拿著竹筒，走上了二樓。

深夜時分。

無盡的夜色包圍著我們。

寧靜之中，只有偶爾拂過的冷風，帶起樹葉枝椏的窸窣聲。

兩杯飄著熱氣、杉林溪產的綠茶。

一份拔絲地瓜。

放在二樓陽臺的圓桌上。

我與白唯，坐在靠著牆壁的躺椅上。

從小木屋的二樓往外看去，是附近群山森林的夜景。幾間民宿與山莊，在黑暗的山林間點亮燈光。

溫馨的氣氛。

遼闊的視野。

我的心中出現了前所未有的平靜——在這個寒假裡，難得地能不去多想太多以後的事。

白唯扭過頭，我以為她要說話，但她並沒有打破寧靜。

她只是拿起一塊地瓜。

銀白色的月光灑落在我們身上，這是我第一次注視著從天而降的銀白色彩。

星星，漸漸在夜空亮起。

入夜，冬末春初，又是高山，氣溫有點太冷了，吃完晚餐走回小木屋的路上我就有發現這點。

白唯也體會到了。

剛洗完澡的她，吹乾了一頭栗色長髮，濃重的髮香飄散在空氣中，白嫩的臉蛋透出暖紅色。

居家風的純白棉衣外，是一件保暖的套頭橘色毛衣，最後她披了一件披肩。披肩前沿，覆蓋了脖子與鎖骨。

躺椅的角度讓白唯的上半身稍稍傾斜，半躺半坐。她穿著寬鬆灰色長褲的長腿，向前延伸，隨性地擱在躺椅末端。

一點倦意湧起。

在這麼輕鬆的環境下，真的可能會在外面睡著。

我喝了一口茶。

「白唯。」

「嗯？」

「我們說不定快要找到妳姐姐了。」

「咦？我怎麼一點都沒有這個感覺？」白唯一點都沒有掩飾想嘲笑我的意思。

我聳聳肩。

「真的。明天我們要去高雄的崗山之眼，或者是也在高雄的心向樓，白宣大概會在這兩條空中走廊出沒。」

也就是二分之一的機率。

我還在想要去哪裡，但這種事到最後真的只能順從直覺決定吧。

白唯伸出食指抵住下顎。

「崗山之眼？我在電視上看過一次。」

「那是一條今年新開放的空中迴廊。」我簡單回答，醞釀了一會兒，續道：「妳覺得，白宣為什麼會消失呢？」

「……」

「從寒假結業式那天開始——她就消失了。坦白說，當時我完全沒有想到她會消失這麼久。」

想到這裡，我不由得輕聲嘆氣。

因為，追逐夜星的白宣頻道要更新。

我們有好多說過想去的地方還沒去，白宣怎麼可以突然消失這麼久？又怎麼能讓我一個人留在原地，而她獨自前往遠方？

我的視線看向白唯。

白唯沒有側過身看我，讓一頭栗色長髮蓋住掩飾了她此刻的神情。她的手放在大腿上，靜靜不動。

「妳覺得白宣為什麼會消失呢？」

我又問了一次。

只是單純地想從別人身上取得某些答案。

一些我想聽到的答案。

畢竟，白唯是白宣的親生妹妹，也可能是除了我以外最親近白宣的人了。

等待了一小段時間，白唯通透、偏高音的聲音，突然傳來。

「柳透光，你不早就知道答案了嗎？姐姐會消失，是因為她很迷茫。」

「……嗯。」

「像她那麼有責任感的人，什麼也沒說就消失了，還在臺灣各地出沒……讓你去找她。」白唯的聲音漸漸轉弱。

「她一定有在追尋的東西，又同時在確認著什麼。」

「我就是在想，白宣追尋的東西是什麼。」

「哈哈，那就有意思了。」

白唯嗤笑了聲。

她第一次轉過頭，伸手將整片髮絲往頭頂撩去，露出細嫩的額頭。

長髮微亂，她直直地盯著我。

月光不會說話，世界寧靜無聲，直到她帶著不讓我閃避的決心提問：

「柳透光，你為了追尋我姐姐的身影而踏上旅途。到現在，你覺得我姐姐在追尋什麼？」

這個問題，直入人心。

心跳加快，胸口傳來陣陣波動，其實我早就知道答案了。

憂愁與悲傷，在清冷的空氣間流淌。

因為無形，我無法逃避，也無法遠離。

我略感無力，心一橫，乾脆地回答：「白宣在追尋的東西——是真正的她。」

真正的白宣。

不是經營追逐夜星的白宣頻道、名氣很高的 Youtuber 白宣。

不是蹲在森林裡拔野菜、在夕陽餘暉籠罩之下釣著魚，永遠光彩耀人、開朗外向的白宣。

不是那個能透過旅行的意義，感動人心的白宣。

——是真正的白宣。

心裡怦然一聲。

我無語地伸手輕撫胸口，仰望夜星。

心中傳來一陣深層的感情波動，情緒差一點全部湧上，我深深地吸了一口氣。

真正的白宣，是就讀水昆高中二年A班的女孩。

還很年輕，還很迷惘。

會憂鬱、會不安、會多想。

白宣常常在不意間流露出迷茫的氣息，一雙清澈的眼瞳既像是看著他人，又像是看向遠方。

她的身上總是穿著清透藍的連帽外套，讓她迷茫的氣質更加獨特。

「這就是我的答案了。」

我故作沒事般說道。

在黑夜之中，銀白色月光再次灑在我們身上。

白唯輕勾嘴角，向頭頂撩去的長髮正緩緩地落下，重新遮住了她的髮際與額頭。

與我四目相對，白唯的神情看不出有什麼特別的情緒，很柔和。

柔和得不像平常的她。

「那，我姐姐怎麼追尋真正的她？」

原來如此。

我怎麼一直沒有想到？

一陣微風拂過，讓我頓時清醒的我，不禁裹了裹外套。

白唯說的話，順著那道風飄向遙遠的群山與森林。

這趟旅行的意義，我似乎也明白了。

我與白唯，在不知道過了多久後，一前一後返回室內。分別睡在不同房間。

夜晚的小木屋很冷，幸好棉被很厚。

被窩溫暖的話，躲進去就很幸福了。

玩了一整天，走了很長的路，跟綿羊玩了很久，一身疲憊的白唯跳上床後，像是做海苔捲一樣把自己捲進棉被裡。

她的精神可能也滿累的，因為跟我聊了白宣很久很久。

「嘿嘿，我要睡了。柳透光，你也趕快睡啊。」

看著她想做什麼就做，不太計較旁人眼光的表現，我不由得跟著笑了。

跟白唯結伴旅行，真的很有趣。

「妳先睡吧，晚安。」

「好喔，晚安了。」

白唯把頭縮進棉被捲裡，隨後滾向床的中央。

我則回到一樓，重新讀起旅行到現在，白宣所留下給我的每一個文字。還有，請松竹去幫我調查了一些事。

待一切差不多搞定，我走上二樓，躲進被窩裡。

在民宿的那夜睡得很熟。

一覺到天明。

醒轉之前，我只有一段較有印象的夢。不確定是在睡夢中，還是淺眠與清醒之際。

夢中場景很模糊，依稀是在綠島的碼頭，我跟白唯在聊天。

那是寒假上旬的事。

「白唯，我們先來說說看怎麼找到綠島的吧？」

「嗯，好啊。」

「那我先說。白宣給我的第一個線索，是她放在抽屜裡的照片。她在綠島昭日溫泉的濱海照片。那張照片指引我來綠島，但沒有更清晰的下一個目標。」

「嗯嗯，就像剛才你說的，我也是偷看了她的電腦……跟你看到一樣的影片，就來這裡了。」

白唯說她是看到一樣的影片，才能來到綠島碼頭。

睜開眼的時候，天色已經亮了。

陽光穿透了窗簾，幾道光芒投射在我的床尾。

夢中的對話，殘影仍在。

「唉，那段話我真是擱置了好久。」我從床上坐了起來，揉著睡眼惺忪的雙眼。

醒醒吧，讓腦袋開始運轉。

睡夢中，我們說的那段影片是白宣透過鏡頭對我的獨白。

那段獨白，看過，就忘不掉了。

白宣的獨白裡，她那雙近似發燒一般矇矓的眼瞳，透出迷茫與淡淡的惆悵。

雖然盯著鏡頭，卻又好像注視著鏡頭後方的事物一般。

她富有感情地說道：「遲早，有一天我會消失。雖然會消失，但我希望有人能找到我，真實的我、真正的我。所以，透光，你會來找我嗎？踏上莫名其妙的旅行，只為了來找想變透明的我……如果你想的話，打開我書桌的抽屜吧。」

當時我打開了抽屜，拿走了白宣坐在綠島濱海溫泉的照片。

照片裡白宣正坐在一塊岩石上，一雙長腿擱在前方的水池中。雪白細嫩的長腿沾上水滴，在太陽之下閃耀點點光芒。

包圍她的是碧藍色海水，與朝陽。

白宣抿著唇，微微側過頭，雙手繞過頸後綁起馬尾，露出一整片無瑕的背部。

美得令人摒息。

「……沒錯。」

那張照片因為太美，被我獨占了。

既然被我帶走了，那比我還晚走進白宣房間的白唯，就算能破解影片密碼，也看不到影片結尾所說，放在書桌抽屜裡的照片。

白唯，又是為什麼能找到綠島呢？

擱置已久的問題再次想起，我邊想邊站起身。

疑問，暫時還沒有解決。

我一手拉開窗簾，推開窗戶。

清境農場裡揉入所有春天氣息的早晨微光，傾灑而入。

經歷一夜沉澱的清新空氣，混合著青草芬芳與露水的味道，呼吸起來讓人神采奕奕。

充滿元氣的感覺很美好。

那個矛盾，我想到了幾種可能，紛紛指向同一個方向。

但至今我不願相信。

尋找白宣的旅行，其實我心中一直納悶很多東西。很多關於我的事，關於她的事。

而白唯的這件事，就是其中之一。

即使我再次詢問白唯，大概也得不到什麼有意義的答案吧。

我有預感，她絕對不會說出我期盼聽到的答案。

簡單洗漱，換下睡衣。

依照剛剛體感的微涼氣溫，我換上了灰白撞色的長袖棉衣，搭配黑色的牛仔褲與帆船鞋，不忘了戴上白唯給我的狐狸帽。

狐狸帽與一身穿搭格格不入，但可愛。

我背上行李，走向一樓。

推開大門，踏上略感濕潤的土地。

在小木屋「秋」一樓的自助餐廳裡，我看見了那道熟悉的身影。

在三兩走過的遊客中，戴上狐狸面具的她。

有著一雙引人注意的修長美腿，白皙而柔嫩，逼近一百七十的身高，不會過瘦的勻稱身形。

一頭富有光澤的栗色長髮，正順著她的肩膀直直落下。她單手拿著盤子，另一隻手正輕巧地夾著吐司。

沒有人停在她身邊。

走近，空氣間散著淡淡橙香。

我摸了摸頭上的狐狸帽，「早安，白唯。」

「早啊，柳透光。」

「妳這麼早起啊。坐在哪，我裝好去找妳。」

「喔喔，我坐在窗戶旁邊。」

白唯單手指向餐廳側邊的木桌。

順著她的手望去，那裡正對著一扇窗戶，採光大方明亮。

在溫和的陽光映射下，飄散在桌面與透明窗面間的微小灰塵，無所遁形。

「我先回去了。」

白唯說著，伸手戳了我的背一下。

我夾了烤好的吐司、半熟的水煮蛋，與煎到微焦的培根，再悠哉地拿了小分量的生菜。

最後，是一杯香氣濃烈的黑咖啡。

在秋釀旅店這樣清閒怡然、慢活步調的地方享用早餐，節奏真的一點也快不起來。

我不由得發自內心認同白唯說過的話。

——我想在美好的事物上花費大量時間，讓那些事物不再只是匆匆而過。所以我想學會攝影。

端著豐盛的早餐，我不疾不徐地走向白唯坐的位置。在她的對面坐下。

吃飯時，她把面具摘了下來。為了不讓長髮沾到食物，她單手將耳畔髮絲細心地別到耳後，露出耳朵與側臉。

白唯的臉蛋，映著清晨獨有的溫柔陽光，溫暖了她白裡透紅的肌膚。

我笑著把盤子放下，說道：「我想在美好的事物上花費大量時間，讓這杯咖啡，不再只是匆匆而過。」

「哼，不要學我說話。」

「咦？我有學嗎？」

「那不就是我昨天說的話，幼稚鬼！」

被幼稚鬼教訓幼稚鬼了，不得了吶。

我拿起吐司，在兩片麵包中間夾一小塊培根。

安逸自在，時間過得很慢。而這樣的生活，說實話我很喜歡。

吃完早餐，我與白唯一起走回小木屋「春」，打包行李，準備去辦退房手續。

在居住一晚的小木屋前方，我忍不住回頭一望。

前一夜，我與白唯在雙人房外的陽臺聊了好久，就著星星與夜空。

早晨的清境農場很美。

夜晚時則富有神祕感。

「走了。」

我們走回昨晚走進秋釀旅店小木屋區的林間小道。

不同於深夜，此刻走在這條道路上聽得見蟲鳥的鳴叫聲，點點陽光穿透了枝葉，一閃一爍。

樹林的氣味、露水的芬芳、濕潤的土壤。

泛綠色的光芒，從頭頂的樹木枝葉間投射而來，我與白唯不約而同地放慢腳步。

捨不得，離去。

CHAPTER 4

# 這就是你想要的生活嗎？

我們離開了清境農場，搭乘接駁車下山。下山時，白唯抓住機會在車上拍攝沿路風光。

路程漫長，我們先回到了臺中高鐵站，再轉搭高鐵，一路南下。

目的地，高雄。

白宣昨天還出現在南投鹿谷鄉的溪頭空中走廊。

依照我與她之前擬訂的臺灣最美空中步道企劃，一天一個行程，接下來她也是會去高雄。

高雄有兩個名單，崗山之眼，與心向樓。

還沒到中午，我並不著急。

從高雄的高鐵站走出來，在出口處白唯像是想起什麼似地停下腳步，她單手抓著掛在脖子上的單眼相機。

「那個，柳透光。」

「怎麼了？」

「其實我最近有加入一個攝影社團，我有跟裡面的朋友聊到我會來高雄……有人建議我去一個地方攝影。」

「喔？妳想拍什麼？」

「花季快到的黃花風鈴木。」白唯看我一點也沒有婉拒的意思，便坦率地說了出來。

她的雙眼閃閃發光，嘴角快樂地彎了起來。

黃花風鈴木。

印象中是南部廣泛種植來當作行道樹的樹木。

二月底到三月是黃花風鈴木盛開的季節，朵朵黃花爆炸似地盛開，種植較密集的區域往往會下起黃金雨。

黃花紛飛。

最近開始學習攝影，透過拍照記錄生活中的美好事物——白唯好不容易找到自己想做的事，我怎麼可能拒絕她？

我想也沒想地說道：「嗯嗯，時間還早啊。走，坐捷運去？」

「嘿，我有查過路線了，走吧！」

白唯率先邁開腳步。

我們重新返回了車站內，尋找搭乘捷運的方向。坐上捷運後，飛快地往白唯聽到的攝影點而去。

「妳參加那個社團多久了啊？」

「一個月不到。」

「喔，一個月不到，但是混得很熟了嘛。」

我微帶調侃地說著。

白唯倒是一點也不把我的調侃放在心上，露出天空般開朗的笑容。

一笑帶過。

「哈哈，我本來就很容易跟人混熟。群組裡很多厲害的攝影師，能把美麗的風景拍得出神入化——就像是加上很多不可思議的特效，他們都拍得出來。」

白唯說著，纖細的手抓著相機。

我注意到了這個動作，但沒有多說什麼。

從小到大沒有特別嗜好的白唯，或許在這一趟尋找白宣的旅行中，找到了自己想做的事。

我們在靠近某處學區的車站下車。

走出捷運站，一向較北部來得溫暖的南部風情，立刻映入眼裡。

這裡遠比山上更有春天的氣息。

我與白唯不疾不徐地走著，來到某處大學學區前方，那裡有條種滿黃花風鈴木的街道。

時值寒假，清靜無比。

這條街道依著愛河的藍色水脈，河水在河道中潺潺流過，零星學生出沒在街道。

「到了？」

「我看看……嗯，就是這裡。」

白唯拿出手機確認，從她愉快的表情看來，我們確實走到了目的地。

我們並肩漫步在黃花風鈴木盛開的街道，頗有詩意。

一朵朵黃澄澄的花朵綻放。

層層相疊，迎著陽光擺盪。

天氣漸漸回暖，氣溫回升。南部各地的黃花風鈴木盛開，黃花高掛枝椏，路上甚至堆了一些剛剛飄落的黃花。

「……大啊，真的很美。」

我不由得停下腳步。

仰頭一看，視野的兩邊是金黃色的黃花風鈴木，中間透出無盡藍天。

藍天與黃花，鮮明的對比色令人印象深刻。

「白唯，可以在這裡拍一張照片嗎？」

「哪裡？對天空拍嗎？」

「對。」

我對著天空，兩隻手比出相框的形狀，示意著白唯可以使用這個角度拍。

「好喔，我來了。」

白唯從前方的愛河河道溜回來，站在我身邊，將相機對準半空。

幾秒後，喀嚓一聲。

白唯看了看相機，露出非常滿意的表情。

金黃色的黃花、湛藍色的天空。

雖然與白宣走遍臺灣東西南北、上山下海多次，但這條黃花風鈴木街道在我心中十分特別。

白唯拍完，再次往前奔去。

我則開始慢慢行走。

想在這條街道上花費大量時間。

位於大學學區的街道一旁，有幾間很有在地感的柑仔店。很老舊，開了可能數十年吧。

幾個老爺爺坐在店外聊天，還有不知道年代多麼悠遠的泛黃報紙，貼在牆壁上。

白唯走在前面，背影帶著無比雀躍。

走著，走著。

我看見路旁有根電線桿，上頭掛著一個小小的木製郵筒。木頭的顏色都變了，看得出來年代久遠。

靠近一看，上面依稀寫著早已不存在的地址。

這個被眾人遺忘的破舊郵箱，甚至比當初需要用到它的那戶人家，存在得還要久。

心裡怦怦跳著。

我愣在原地，幾秒後，拿起手機拍下這一幕畫面。

心裡，湧起一股對時代的追憶。

「柳透光！快看！」

走在前面的白唯喚著我的名字，並示意我向上看。

白唯的手指，指向天空。

帶著萬物初萌氣息的一陣微風，突然吹進街道。

春風十里，無數黃花飄落。

「嗚哇！」

「天啊……」

我與白唯同時發出驚嘆，雙眼根本無法抽離此刻風景。

飄散的花朵占據了我們的視野，這裡的黃花無比茂盛，滿目盡是一片耀眼金黃。

我敞開雙臂，白唯有樣學樣。

如沐春風。

如沐黃金雨。

直到微風止息，我才放下手臂，走向仍沉浸在如雨飄散的黃花風鈴木之中的白唯。

白唯的神情寫滿陶醉。

我笑著說道：「白唯，該不會這一個寒假之後妳再也回不去了吧。每一個假日都想往外跑，到處旅行。」

「有可能喔。因為我已經沉迷了。」

白唯依依不捨地仰頭望藍天，即使半空中沒有黃花飄落。她明亮的眼瞳裡透出決心。

明顯與過去不太一樣了。

剛才的黃金雨一過，幾朵淡淡香氣的黃花停留在她的頭髮上，一朵降落在相機。

白唯本來就穿著黃白撞色的柔軟上衣，上衣中央有著兩顆星星的符號。很有活力的色彩，很適合，更適合造訪這條街道。

全身黃澄澄的白唯沒有撥下花朵，任憑黃花留在她的頭髮上。

「柳透光，我想多拍幾張照片。」

「沒事，慢慢拍吧。」

不同於櫻花之於白宣。

黃花之於白唯，把白唯本就率真開朗、大方中帶著調皮的個性，變得更鮮明了。

白唯在街道上溜達。忽然，像是想確認什麼似地，走向街道一旁的愛河河道。

「哈哈哈哈，果然，這條河道上漂流著黃花風鈴木。」

「……厲害。」

我拍拍手，跟上她的腳步。

雖然攝影的經驗還不夠多，只有幾星期，但白唯能想像出來附近可能出現的畫面了。

這很重要。

追逐夜星的白宣，在外旅行拍片時，最重要的事也就是拍攝畫面了。

到底要在哪拍？

怎麼拍才會吸引觀眾，又能呈現出真實的風景？

這都是我與白宣最常遇到的問題。

白唯在河道旁拍攝，有時甚至蹲在堆滿鮮澄黃花的地上。她穿著靛藍色牛仔短褲、直達膝上的黑色長襪，露出了一截柔嫩的大腿，只為了拍攝她心中最美的畫面。

我看了看時間，剛過午後。

在日落前，我們一樣要抵達這次來高雄的主要目標——崗山之眼。

以距離來說，還早，不急。

沒有其他事的我，雙手插進口袋，在附近走走晃晃。

崗山之眼。

心向樓。

白宣大概會出現在兩個地方其中之一。

或許是意識到這趟旅行離終點不遠了，我也快要可以看見白宣了，心裡漸漸放鬆。

變化總是來得很快。

慢慢遠離白唯的我，身子一震，腳步一停。

我看向不遠處的一棵黃花風鈴木。

樹後躲著一個人。

是看過的人。

男生。

他的胸前掛著一臺單眼相機，很像是攝影師。

我顧不得形象，立刻大步折返，飛奔回白唯身後。

白唯微微傾頭，一頭長髮跟著滑落肩頭，納悶地望著我。

「柳透光，怎麼了嗎？」

「呼……」

「哈哈，要看到你為姐姐以外的人衝動地做出某件事，應該是超困難的事吧！」

「……呼、呼，妳看那邊。」

因為太久沒有快跑，我一時上氣不接下氣，只能用手指向不遠處。

一臉好奇的白唯看了過去。

她抿起唇。

正確來說，是用貝齒輕咬住下唇。

看來在那裡的人她也知道是誰。

那個男生單薄的深灰色開襟外套口袋裡，塞著筆記本跟筆。

是一位視覺上看起來比我年長幾歲、瘦瘦高高，臉色有些蒼白的男生。

眼中透出一股執著。

他留著一頭黑髮，兩邊打薄，中間的瀏海較長，很適合他偏瘦的臉型跟略顯頹廢的氣質。

是張新御。

上一次在高美濕地見面後，我再也沒有看到他了。

「你怎麼在這裡？」

我大聲地問他。

注意到我在看他，張新御從樹木後方走了出來，到了離我們五步左右的距離才停下。

「剛好，我也在這裡攝影。」

他舉起手上的相機。

白唯不明所以地走到我身旁，與我並肩而立。

她沒有戴上狐狸面具。

與白宣一模一樣的臉蛋、身形，只有身上說不出的氣息不同。她沒有白宣身上那無時無刻不飄散的淡淡迷茫。

我分得出來，是因為我與白宣相處了那麼久的時光。

但別人怎麼可能分得出來？

「他是張新御，一直在找妳姐姐的人之一。」

「是喔，其實我好像聽過他的事。」白唯微微嘟起了嘴。

張新御把額前的髮絲撥向一旁，確認似地說道：「柳透光，站在你旁邊的女孩子不是白宣吧。」

乍聽之下是提問。

但他早有心有定見，而且是正確的判斷。

「……你怎麼知道的？」

我面露驚訝。

他卻以訴說小事般略帶隨意的口吻說道：「很簡單啊，真正的白宣不可能這麼沒有戒心。」

「嗯。」

太危險了，一定會被認出來——他補了一句。

我瞟向白唯一眼。

雙胞胎姐妹的事實應該可以說出來，對白宣與白唯都好。

「對，她不是白宣，是白宣的妹妹。」

「果然，我大概猜得到。白宣小有名氣之後，就偶爾會有人看到很像白宣的女孩子，在白宣直播時出現在其他地方。」

「唔？」

這還是我第一次聽到這件事。

「這個你們一定不知道吧？只有死忠粉絲才會知道。」

「我當然會被人看到啊！」白唯再也聽不下去，忽然插話進來。

她往前踏了一步，一點也不怕張新御，理所當然地說：「我只是一個高中生，會去看電影、會去逛街、會去逛展覽。只是跟姐姐是雙胞胎而已，我也很煩每次都有人把我們認錯。」

白唯的氣勢凌人。

她抿抿唇，繼續說道：「說到逛夜市，我記得有一次我在吃糖葫蘆，莫名其妙就有人來拍我，我還想說發生什麼事。要是我去觀光景點就更不得了，只要在人多的地方，就會有人一直在我身後竊竊私語，超煩！連我姐跟我都分不出來，那些人還好意思自稱是她的粉絲，可惡！」

我稍稍一愣，沒想到她會這麼生氣。

看來，白唯把誤將她認為是白宣——這個大雷點的怒氣，統統對準張新御發洩了。

她又往前走了一步，正面對著張新御。明亮的眼瞳一點也不允許張新御逃避，死死地盯著。

往前逼近，這一點也是白宣從來都做不到的事。

一個如火。

一個更像是冰。

張新御似乎沒料到跟白宣一模一樣的女孩，個性居然相差甚遠。

「抱歉，妳……別生氣，別生氣，我沒有把妳們認錯。再怎麼說我也是白宣的粉絲，很喜歡看妳姐姐的影片。」

「真的嗎？」

白唯瞇起眼睛，雙手抱胸。

他擺擺手，解釋道：「真的啦、真的啦。不信妳可以考我，我真的是追逐夜星的白宣頻道的鐵粉……從墨跡還沒有加入，我就在追蹤頻道了。」

這麼早的粉絲？

嚴格說起來，可能比我還早開始看白宣的影片。

白唯其實不是很瞭解頻道發展的歷史。

雖然想求救，但又不能被對方看穿，那樣會被小看。白唯板起臉，視線瞄了我一眼。

我忍住想笑的衝動，正經地點點頭。

白唯的五官顯得僵硬，她一定很少板起臉孔，只是在有樣學樣。

她再次盯著張新御。

「那，為什麼柳透光叫做墨跡？」

「因為白宣，這兩個字是指白色的宣紙，如果配上墨跡就是一幅完整的作品了。在粉絲圈中，通常會換一種說法——」

「咦，怎麼說到我了？停！」

換我阻止了張新御。

我聽過那個說法，太令人害羞了。

「停什麼？讓你停了嗎？說！」白唯叫著。

「我能說嗎……」

「不能。」我再次施壓。

「吼，看來你不是很懂我姐姐喔，你不是她的鐵粉吧！」

略顯慌亂的張新御看了我一眼，又看了白唯一眼。他可能本想裝傻帶過，但白唯再次往前探了一步。

他明明應該是大學生，怎麼完全被白唯壓制？

個子也比白唯高，卻出乎意料地，與白唯的對話中一直處於下風。

被逼迫的張新御，無奈地說道：

「白宣，因墨跡而完整。墨跡，因白宣而存在。」

「天啊……」

白唯先是倒抽了一口氣。

「嗚哇，真的呢。這句話光是聽到我都起雞皮疙瘩了，真的好閃好甜。他們兩個，都是因為彼此而有了存在的意義呢。」

白唯回頭一望，露出狐狸式的邪惡笑容。

我大概是臉紅了。

我伸手摸了摸臉頰，還有點發熱。

算了，至少臨時遇到張新御，白唯不再像剛剛那樣介意自己老是被誤認，這就好了。

加上他也沒有直播或是拿出手機，對外宣稱找到野生的白宣，沒有太大的危險性。

張新御通過了考驗。

白唯鬆下了抱在胸口的雙手。

氣氛緩和後，白唯似乎覺得有趣而嗤嗤笑了幾聲。她給人的感受，也回到了原先那晴天般充滿活力的感覺。

她看著張新御掛在胸口的相機。

「好吧，你大概真的是我姐姐的死忠粉絲，不是那種只看一小段時間就湊熱鬧，想要去找她的人。」

「我當然不是。」

「所以你帶著相機，應該不是為了偷拍我姐姐囉？」

張新御慌張地連連搖頭。

「這裡是著名的攝影聖地，我今天是來拍黃花風鈴木的，只是剛好遇到你們而已。」

張新御脖子上掛著的相機看起來十分專業，大概是某大學社團的業餘愛好者吧。

學區舊街、愛河河道、舊柑仔店，街道兩旁密集的黃花風鈴木。

隨風降下，漫天黃金雨。

春風十里。

點點元素，最後構成了白唯、張新御兩人在這裡遇到的原因。

白唯具有元氣的聲音再次響起。

「嗯，我相信你。不過聊了這麼久，你到底叫什麼名字？都忘記問了。」

「張、張新御。」

他似乎想重整思緒，卻被白唯直接打斷。

連說話都結巴了。

「為什麼你要一直找我姐姐？」

「因為白宣突然消失，頻道也不更新了。」

「所以呢？」

「很多粉絲都很擔心，我也是……」

「少在那邊編理由。我姐姐消失，又關你什麼事？笨蛋光去尋找她，是因為我姐姐說他可以去找。我去找，是因為我是她妹妹，不想看到她又在一個人鑽牛角尖，你呢？」

勉強承受住白唯的轟炸，張新御站直了身子，雖有猶豫，但他下定決心地說道：「我有事想問白宣。」

「有事？」

這句話勾起了我的興趣。

我重新靠近他們，近距離端詳張新御。

之前在高美濕地與他的初次見面，我留下了不愉快的印象，但也可能只是當時的我心裡著急，不想跟閒雜人等有多餘的接觸吧。

今天他沒有拿出手機，也沒有拍白唯。

在黃花風鈴木樹下，我們圍成一圈。

我好奇地問道：「張新御，你想問白宣什麼事？而且，為什麼她消失之前，你不找她呢？」

「因為我想問的問題，跟她的消失有關。」

「什麼意思？」

「消失前的白宣是一帆風順、名氣很高的高中生Youtuber，對於那時候的她，我沒有什麼問題想問的。」

張新御沉默了一下，大概是在拿捏用詞。

片刻後，他有些落寞地說：「直到白宣消失，我才想到，她可能是遇到了不如意或是迷茫徬徨的狀況吧。很多創作者都會遇到這個問題。消失了的白宣，我想跟她聊聊，聊聊她為什麼會想消失。」

為什麼會消失？是因為她對許多虛無縹緲的事物產生迷茫。

尤其是對真正的自己，感到疑惑，不知如何是好。

我沒有回話。

白唯若有所思，一聲不吭地把視線轉向河道。

「墨跡，還有白宣的妹妹，既然在這裡遇到，我就直接跟你們說了。因為，我不希望你們誤會我想找白宣的動機。」

「說吧。」我揚揚手。

我發自內心地，想更深入地瞭解張新御心裡想問白宣的事。

張新御抓緊胸口的相機。

他瀏海之下的眼眸，時常停留在白唯胸前的相機上。

與白唯本身。

張新御吸了一口氣後，緩緩開口：「成為知名的旅行Youtuber應該是白宣的夢想吧！追逐夜星的白宣頻道，讓她完成了夢想的第一階段。我也有自己的夢想，也跟白宣一樣，完成了夢想的第一階段。

「啊，我做到了一件事，我在這個世界上也留下了點什麼——不久前的我，時常會陶醉地這麼想。但是，最近我想放棄了。我開始躲起來，逃避面對，就像是現在的白宣。即使那是我很熟悉的領域，我也因為不敢面對、心中有所畏懼，不願意再次踏入。」

「在這個世界上留下了點什麼……這句話，我也聽白宣說過。」我喃喃自語地複述。

或許，張新御在某個特質上跟白宣是類似的吧。

我微微嘆口氣，不置可否地望向他。

張新御伸手揉揉眉毛，先是抬頭仰望了漫天的黃花風鈴木，再把視線轉回我與白唯身上。

「所以看到白宣消失，我把自己投射在她身上。她遇到了迷茫，我也是。她想放棄而躲起來了，我也是。」

他淡淡地說。

「我明白了。」

聽完張新御的故事，我心裡沒有太多的波動，只想嘆息。可能是因為，這個寒假我已經接觸了太多人的迷惘。

不知道白唯怎麼想呢？

張新御啊，白宣的迷茫跟你可能不太一樣吶。

不過，張新御沒有提到自己為什麼想放棄，說不定也跟白宣一樣，遇到了一些自我認同上的矛盾吧。

我拍拍他的肩膀。

「我承諾你，一旦找到白宣、或是白宣自己出現，我一定讓你們有機會見面聊聊。但是，你不要再來影響我找白宣了。」

「真的嗎？」

「真的。」

「好，我答應你，不會再號召人去找白宣。」

張新御爽快地承諾。

我看看手機，離夕陽到來還久，去崗山之眼還綽綽有餘。

接下來，要去哪呢？

正當我想著要去哪裡打發時間時，出乎意料的事發生了。

像是一隻小巧的可愛狐狸突然出沒。

如同小動物一般的白唯，伸出手指戳了戳張新御。

張新御回頭，看見是白唯後，稍稍一愣。

「怎、怎麼了嗎？」

白唯伸出食指，指著掛在他胸前的相機。

「你剛才提到這裡是攝影聖地，所以你很會拍照嗎？」

「……算是吧。」

張新御的神色閃過一絲黯淡，語氣也變得有些落寞，但正在興頭上的白唯絲毫沒有注意到這點。

她咧開嘴，露出一排潔白的貝齒，那是晴天般的燦笑。

「那，教我攝影，好不好？」

「這個……」

「這是我原諒你隨便號召人找我姐姐的條件。」

白唯故意皺眉，裝出生氣的樣子。

那個表情根本嚇不了任何人，但張新御似乎因此卸下了心防，被天真無邪、童心依然的白唯影響了。

他輕蹙的眉毛、僵硬的表情，紛紛消失。

取而代之的，是一個平凡的大學生人畜無害的溫柔笑容。

在這個氣氛之下重新審視張新御，我發覺他大概是才剛升上大學不久吧。那張略帶生澀的臉孔上，還有著一絲高中生獨有的青澀。

我無聲地站在一旁，一句話也沒說。

現在他們已經忘了我的存在。

無須細看，就能感覺得出來，張新御確實有一種攝影師的氣質，常常凝視平常沒有人留心的地方。

視野與角度，跟一般人截然不同。

「柳透光。」白唯走向我。

「嗯？」

「問你喔，我們離去下一個地方，還有多久的時間？」

「妳要跟他學攝影啊？嗯，無所謂，再一個小時出發都來得及。」我隨性地說。

「一小時，好喔！」

白唯快樂地點點頭。

她掉頭奔向站在河道邊的張新御，湊得很近。

張新御似乎不太習慣白唯過於靠近，絲毫不在意彼此距離的模樣，但也無可奈何。

白唯站在張新御斜後方，為了看清楚相機螢幕，稍微墊起了腳尖。

張新御在意識到這件事後，連忙把相機拿高一點。

我望著他們的背影，心裡似乎燃起了一個小小的火堆，感覺非常溫暖。

「哈哈哈哈。」

拉遠距離，我忍不住笑出聲。

太有意思了。

我走在黃花風鈴木下，望著流水上漂浮而過的黃花。

我逕自走向之前的柑仔店，想在老舊的店鋪裡尋找新奇的事物。

我往回走，愈來愈靠近大學校區。

再次看見了，剛才經過時看見的老舊木頭郵箱。上面寫的地址，不知道是多久以前的城市記憶。

一間柑仔店，坐落在街道一旁。

外牆貼上了許多老舊的廣告，那時代的印刷技術經不住時光的摧殘，褪去了鮮豔的色彩。

經年累月，風吹雨淋，招牌與海報都變得斑駁。

五個圓形木板上分別寫著「臺灣柑仔店」五個字，釘在店頭上。

兩盞暖橙色的燈火，一左一右垂在招牌旁邊。

以前的柑仔店還不流行現代超商的整齊擺設，而是把所有能擺出來的餅乾零食玩具，都想辦法擺出來。

於是，整間店都擺滿了東西。

看起來雜亂，卻溫馨。

我放緩腳步，光是靠近街道一側的柑仔店，都彷佛穿越了時空。這裡，就像是獨立於時空之外，處於永恆的靜謐之間。

幾個老人坐在店頭，泡茶聊天。

想也沒想，我踏過了種植了黃花風鈴木的土壤，走進了那間柑仔店。

跨過門檻。

一如踏過一道數十年前的時空結界。

暖橙色的燈光映入眼裡。

光芒透射而來。

光景流轉而至。

不確定是多久以前的事了。

我與白宣走進了難得看見的舊柑仔店。

印象中，是在臺南府城，孔廟周遭的文創觀光區。那裡對文化、老街、古蹟的保護做得很好。

「吶，透光兒。」

「嗯嗯。」

「你吃過那種軟糖嗎？就是那種……等等，我找一下。」白宣的手在柑仔店的甜點罐裡翻來翻去，試著挖出她想給我看的東西。

軟糖？

我吃過的軟糖很多種，不知道白宣想說的是哪一種。

這間柑仔店的零食統統裝在玻璃罐子裡——乍聽之下好像一目了然，但是當一整個牆面都放滿了透明的大罐子，依然會讓人眼花撩亂。

老闆有意為之，把同一種軟糖裝入一個小袋子，再把小袋子丟到玻璃罐子裡保存。店裡頭，我看見了香菸糖、口紅糖、星星棒棒糖。

一罐一罐，就像是把舊時回憶的糖果紛紛塵封。

封進袋子，裝進罐子，放上架子。

這裡有上萬顆糖果吧。

「你們找到想吃的，離開前再一次付錢就好了。」老闆在不遠處這麼說。

「好的。」

白宣很早就拿下了一個罐子，放到桌上，並伸手進罐子裡翻找。罐子裡有非常多小小的透明袋子。

她有一度似乎找到了她想說的軟糖，但在拿起來的過程中又掉了。

「……又不見了。」

白宣有些喪氣地說，雙眼盯著罐子瞧。

我看向燈光下的她。

白宣穿著天藍色圓領襯衫，經過水洗的質感讓襯衫顯得柔軟。下半身是一件淺灰色亞麻裙，腳踝在裙襬間若隱若現，腳下是鞋跟深藍與鞋身純白，天空色系撞色的休閒鞋。

我看著罐子，問道：「長什麼樣呢？」

「看起來很像是一小瓶可樂，顏色從可樂的暗色到亮亮的橘色都有，吃起來是可樂的味道。」

「喔喔，可樂軟糖嗎？我有吃過！」

「我想吃。」

白宣說完，再次把手探進罐子裡，在裡面翻動著。

罐子很大很深，白宣的手伸進去，差不多到手肘左右都被罐子裡的糖果吞沒了。

「我也來幫妳找。」

「那個軟糖的正式名字好像叫做可樂造型軟糖。我好久沒吃了，好懷念。」

「嗯嗯。」

我從牆壁上拿了另外一個罐子，放在白宣的罐子後面。

在伸手去找之前，我先旋轉著罐子觀察著可樂軟糖，出現在哪一個區塊。

確定好目標後，我才伸手進去罐子裡。

確定好方向，試了幾次我就拿出了罐子深處的可樂軟糖。

不過，只拿到了一顆。

「喏，白宣兒，我找到了，給妳。」

「嗯……」白宣張大了雙眼，擦上唇膏的嘴唇微微蠕動，想了想，沒有多說什麼。

她難得地露出怯生生的樣子，伸手接過，打開後放入嘴裡。

「透光兒，謝謝你。」

「不會，小事。」

白宣應該不只是想吃到一顆吧，我這麼想著。

我們背對背繼續找糖果。

不止找著可樂軟糖，我也想找找其他兒時的回憶，像是香蕉軟糖、金甘球、沙士糖。

找著糖果，我同時望著柑仔店裡的擺設。

暖橙色的燈光在屋子一角點起，整間柑仔店有一種黃昏的錯覺。

上緊發條的小機器人、大同寶寶擺在店內陳列，成堆的舊撲克牌、黃紅色的雨傘牌火柴盒、藍白拖形狀的鑰匙圈。

還有舊式的輪盤式電話。

我的雙眼，不受控制地被舊物吸引著。

好多東西，在其他地方早已消失於時光的洪流了。

幾分鐘後，白宣也在她眼前那個罐子裡翻出一個可樂軟糖。我就在她身邊，發現她停下動作後，就看見了她手上的軟糖。

既然白宣找到了，那就好。

我擱下瓶子，走向角落的冰櫃。

冰櫃裡有好多彈珠汽水。翠綠色的玻璃瓶裡塞了一顆彈珠，彈珠怎麼拿也拿不出來。

我滿心期待地拿出一瓶彈珠汽水。

放在眼前，像是看著寶物一般望著。

那是我小時候還常常可以喝到的飲料。長大之後，連彈珠汽水也漸漸銷聲匿跡了。

在一些觀光區老街還可以看到，但在一般商店裡找不到了。

「吶吶，透光兒。」

「怎麼了？」

我旋過身，看見白宣快步走到我前面。

隔了一步的距離，她探前身子。

白宣伸出手。

柔嫩的手掌上，是一顆可樂造型軟糖。

「咦？妳吃就好啦。」

「給你吃。」

白宣眨眨眼，又說了一次。

她不想只有自己吃到好吃的可樂軟糖，也想找到一顆給我吃。這很像是我認識的白宣會做出來的事。

「真的不用啦，我對可樂糖還好啊。妳吃、妳吃。」白宣喜歡吃的話，就給白宣吃吧。

我試著婉拒。

「你真的不喜歡吃喔……」

白宣面狐疑地問，隨後恍然大悟地露出微笑。

「透光兒，把眼睛閉起來。」

「好。」

我闔上雙眼。

一陣青檸香氣逼近，溫熱的氣息拂向我的臉。這股氣息、這個感覺，我都很熟悉。

心裡傳來一陣騷動。

我仍然沒有睜開眼。

白宣絕對是靠近我了，只是不知道她要做什麼。

「張開嘴巴，透光兒。」

「為、為什麼？」

我張口說話，舌頭上在那瞬間似乎被放了什麼。反射性地閉起嘴巴，嘴唇卻依稀觸碰到白宣的手指。

手指離開以後。

嚼嚼，舌頭上的東西嘗起來帶了點可樂的味道，是可樂軟糖。

「哈哈哈哈，成功了。」

白宣因計謀得逞而燦笑著。她的笑聲聽起來就像是夏日的風鈴，清脆、迷人。

「嗯……很好吃耶。」

我開心地說。

到了這時，我睜開眼，眼裡是身子探前的白宣。

她的上半身幾乎靠在我身上，一雙清澈的眼眸正直勾勾地注視我。栗色的柔順髮絲，順著她光滑的臉頰滑落到胸口，懸在半空。圓領的上衣，因身子前傾而不意間露出的漂亮鎖骨。

在在吸引了我的注意力。

白宣微微一笑，縮回了雙手，重新挺起胸口。目光在柑仔店裡遊走，最後停在我的手上。

「透光兒，你手上拿的是什麼？」

「彈珠汽水。」

「好久沒喝到了，我也想喝。」

「在冰櫃那邊，裡面有很多瓶。」

於是，白宣也從冰櫃裡拿出一瓶綠色玻璃瓶身的彈珠汽水。

她不急著打開，而是舉在眼前，全神貫注地看著，裡頭透明的汽水泡著泡泡。

「透光兒，你覺得這個彈珠可以拿出來嗎？」

「應該不能吧，畢竟瓶口很小。」

「嗯，對，一般是拿不出來。」白宣含笑地說，「我還在小學一年級還是二年級時，有一次上完小提琴課，在雜貨店裡買到這個，我跟妹妹一人喝一瓶。」

「嗯。」

「喝完以後，我們都想拿出裡面的七彩彈珠……可是，我們都拿不出來，其他同學也拿不出來。」白宣懷念地說著，眼神裡流露出對過去的追憶，「不過，我們最後有拿到彈珠。」

「咦？」

「因為有白唯在啊。」

「有白唯在？」

我喝了一口手上的彈珠汽水。

「嗯，有白唯在。」

白宣笑了，溫柔的口吻，聽得出對妹妹的疼愛。

「其他一起上小提琴課的同學弄了半天拿不出玻璃珠，白唯就偷偷把瓶子拿到別人看不到的地方，把瓶子敲碎了。」

「……」

「她也有幫我敲，所以我們都拿到了玻璃彈珠。」

「……懂了，這真好想像。」

我哭笑不得地回應。

小白宣與小白唯。

我心中浮現她們戴著黃色小學生帽，排著路隊去上學的畫面。

她們在小時候就是感情很好的姐妹了吧。

白宣把彈珠汽水放到桌上，手指劃過瓶身。

「透光兒，要不是今天喝到彈珠汽水，這件往事我可能都忘了。這一輩子，說不定再也不會想起來。」

「幸好妳想起來了。」

「對啊，好險。我也好想給白唯帶一瓶喔……決定了，帶一瓶回去臺北！我要把它冰在冰箱裡，等白唯回家喝。」

我先去結帳，隨後走出了門外。

白宣在門外打開了彈珠汽水。

汽水噴出氣體的聲音、玻璃珠撞擊瓶身的聲音。

成為了那天最美好的回憶。

光景，流轉而去。

我把自己從柑仔店的回憶裡抽離。

看看店裡的時鐘，依依不捨地離開黃花風鈴木街道旁的老店。

已經過了一小時，我回去和白唯會合。

在跟張新御學習攝影的她，看起來非常愉快，眼睛都笑彎了。她跟張新御告別，再跟我會合。

「好玩嗎？」

「很好玩！」

「他很厲害嗎？」

「超厲害！應該是我認識的人裡面，最會攝影的了。剛剛和他聊天，他說他在高中就是攝影社團的人了，升上大學也是，得過很多學生攝影獎喔！」

「原來如此啊。」

我隨意地說著。

我與白唯一起走出黃花風鈴木漫天飛舞的街道，再次走進捷運站。

下一站，是今天要去的天空步道——崗山之眼。

# CHAPTER 5

## 岡山樹色，琴瑟和鳴

我們從最靠近岡山的捷運站走了出來。

涼快的冷風迎面而來。

離夕陽到來還有一段時間，但已經過了下午最高溫的時段。

天色，也不再布滿陽光。

我們駐足在捷運站出口，看向周圍。

路的前方有個老舊公車亭，幾個身穿制服的學生站在那裡。長長的白色耳機線，從他們的手機延伸到耳裡。

戴著狐狸面具的白唯忽然說道：

「欸，柳透光。」

「嗯？」

「我回去捷運站上廁所，你等我一下。」

「喔，好啊。」

我隨口應道，聽見了白唯小跑步的腳步聲，漸漸離去。

我再次將視線轉回冬末的蕭瑟街道。

捷運站附近有塊綠地，旁邊有一排凋零的路樹、尚未生長的小花、稀疏而泛黃的青草。

冷風之中，路人接連穿過。

捷運站前，只有我在等人。

什麼也沒說，我就這樣一個人站在這裡，好一陣子。

有點無聊了。

我把雙手插進口袋，慢步往公車亭走去。

緩緩穿越紅磚地，我靠在公車亭旁。

冰冷的溫度透過了外套，無所謂。跑馬燈顯示前往岡山的公車，正在離這裡幾站的位置。

幾個學生正快樂地聊著天。

一股淡淡的青檸香，在不知不覺間靠近。

空中飄散，雖然細微，但於我而言那是無比敏感的氣息。

我往後一看，一隻狐狸出現在那裡。

「啊，是白唯啊。」

愣了一下，我略感無力地說。

剛說完，我才恍然想起，語氣間隱含了白唯最無法接受的事——對白唯到來，露出失望的模樣。

之所以失落，是因為期待白宣來了。

狐狸面具下的雙眼輕眨，那是非常深邃、足以吸引人掉入萬丈深淵的黑瞳。

這一眨眼，不知道能占盡我心裡多少分量。

她垂落在身旁兩側的手輕輕握拳，隨後鬆開，出乎意料地沒有試圖攻擊我。

她沉默了一會兒，最後選擇閉眼搖搖頭。

這樣也好，我想。

並非是我特地在期待什麼。

是我本來就一定有所期盼。

刻意掠過心情低谷，我揚聲說道：「走吧，我們去坐車。」

「好啊。」

白唯說道，站到我身側，一臉好奇地望著路線圖。

上衣黃澄澄的她，站在公車亭裡很顯眼，與附近的黃花風鈴木無比相稱。

她穿著靛藍色牛仔短褲與膝上的黑色長襪，一派悠閒地站著。

「柳透光，我們學校還有一週多開學，你們呢？」

「我們也差不多。」

「那在水昆高中開學前，你找得到消失的姐姐嗎？」

「一定可以。」

說完，我的身子不由得斜斜歪向一邊。

回答得很有自信吶。

但就連我，也不知道這股自信到底從何而來。只是因為，全臺灣最美的天空步道專題已經進行到尾聲了嗎？

全臺灣最美空中步道企劃，在我與白唯討論的方案中，目前有五條步道。

清境農場的高空景觀步道。

信義鄉的琉璃光之橋。

鹿谷鄉的溪頭空中走廊。

高雄的崗山之眼天空迴廊。

最後一條，則是心之所向的心向樓。

我有強烈的預感與直覺，白宣她可能會在天空走廊的專題結束後，重新出現在眾人眼前。

從她在眾人面前現身，在空中走道上讓粉絲拍照，絲毫不刻意隱藏自己出現在旅遊勝地，可以推測得出來。

白唯狐疑地望著我。

「柳透光，你很有自信耶。」

「反正不是今天，就是明天，這兩天我們一定看得到白宣。」

「好吧，我相信你。」

白唯轉過身去，一派輕鬆的模樣，一頭栗色長髮隨風揚起。

風吹亂了她的長髮。

白唯的手在半空中隨手一撥，圈起筆直長髮，讓髮絲重新回到耳畔，覆蓋了細緻側臉。

公車緩緩進公車亭，我們跟著人群走上車。

這臺公車的路線，其中一站通往崗山之眼。

在公車上，我與白唯坐在相鄰的雙人座上。隔壁的雙人座，坐的似乎是一對曖昧中的國中生。

他們正聽著同一副耳機，肩膀不敢靠在一起。

彼此竭力避免身體上的接觸。

看在眼中，我發自內心覺得有趣。

這就是所謂青春吧。至少，在一如玫瑰色絢爛的色彩中，據一筆一色了。

公車緩緩行駛，在城市內移動。

好一陣子後，車上的乘客幾乎都下車了，只有幾個觀光客與我們一起在岡山站下車。

「走吧，到了。」

「耶？你買票了嗎？」

「買了，拿手機的電子票券給他看就行了。」

「喔喔！」

白唯一下車，在原地稍微伸了懶腰。

恢復精神後，她把視線向遠方探去，像是在搜尋著什麼，直到她看見崗山之眼那巨大的天空迴廊，出現在彼方的山坡上。

純白色、琴弦狀的迴廊。

宛若一把立於岡山的提琴。

端起胸前相機，白唯開始捕捉美景。

我愣了一下。

等白宣回來，之後很可能會做這裡的影片。既然來了，還是先來拍素材吧。

我也拿出手機開始捕捉崗山之眼的景色。

白唯開朗的聲音響起。

「走過去會很遠嗎?柳透光?」

「不會，很快。」

我指向遠方。

現在的我們離天空迴廊主體的位置不遠，走一小段路，爬一小段坡，穿越小攤販聚集的市集就到了。

我正要踏出腳步，最近比我更沉迷旅行的白唯，率先踏出腳步。

「柳透光，不用管什麼起點。」

「嗯?」

我抬起頭。

白唯在道路上旋過上半身，富有元氣地說道:

「不管之前再怎麼迷茫徬徨，只要邁開腳步，那一步、那一個地方，就是全新的起點。」

我微微一驚，這句順口而出的話，可以寫在追逐夜星的白宣 Youtube 的介紹欄吶。

在我不知道如何反應時，白唯已經踏上旅程。

我只能跟上她的背影。

反正，這也不是我第一次試圖跟上別人的背影。

廢了些力氣爬過上坡道，在布滿綠色植栽的園區裡前行，我們慢步走進了兩旁種滿樹與花的木棧道。

青草地與綠樹遍布。

等春天降臨，這裡一定很美吶。

一陣冷風拂過，因為高度的關係比平地更冷。

我裹緊外套。

白唯還沒有從包包裡拿出外套的意思。

崗山之眼園區的木棧道走起來很舒服，腳步能感受到大地的溫潤，欄杆邊出裝飾著音樂符號的雕花設計，就連地上也有音樂圖案。

音樂的氣息填滿了空氣，音樂的符號占滿了視野。

最後，我們走到了崗山之眼的正下方。

「真的，這裡的風景好美。」

我忍不住嘆道。

甚至無須走上崗山之眼建築本身，向遠方眺望的風景就足以震懾人心，要是走上去……

在夕陽到來時，只要有點觀念的攝影師都能拍出美如詩畫的照片。

我加快腳步，走到白唯身旁。

「白唯，離夕陽出現的時間還有一個小時左右，我們先去附近買杯飲料吧。」

「喔，好啊，我也想喝咖啡。」她想也沒想地說。

我與白唯並肩走向崗山之眼下方的露天咖啡店。

或許是天氣的緣故，今天的崗山之眼沒有太多人，人潮稀疏，走起來很自在。

女咖啡師微笑地看著我們。

「哈囉，想喝什麼？」

「我要無糖的冰拿鐵。」我說。

「卡布奇諾。無糖。」白唯說。

「好的。」

女咖啡師的笑很溫暖。

我微微一愣，但並沒有多說什麼，只是拋下去「那邊看看」這句話，一個人走向露天咖啡廳的邊緣地帶。

冷了，我把雙手插進口袋，失落地看向遠方。

這個狀態沒有持續很久，現實也不允許我發愣太久，幾分鐘後我再次走回咖啡店。

「這是你們點的無糖冰拿鐵、卡布奇諾。」

「謝謝。」

我伸手接過，白唯也是。

插入吸管，我們很有默契地挑了最靠近山坡的座位，並肩坐著，看向遠方。

這裡擁有最佳視野，能眺望遠方的阿公店水庫與森林公園綠地。

連綿不斷的片片農田、綠意盎然的景色，滋潤人心。

「這裡真美。」

「是啊。」白唯忍不住點點頭。

高雄，崗山之眼。

岡山樹色，琴瑟和鳴。

這座天空迴廊最著名的一點，是以音樂為主題設計。

天空迴廊的主支架，像是一把直立的小提琴琴頭。而從主支架延伸到迴廊的鋼筋吊索，宛若小提琴的琴弦。

迴廊沿著主支架繞了一圈，有著南北兩個入口。

走在四十公尺高的迴廊，可以看見阿公店溪邊平原景色，與不遠方的阿公店水庫。

碧藍湖水、翠綠樹叢、湛藍天空，這是四十米高空的獨有色調。

如果天氣好，還能遠眺臺灣海峽，以及高雄市區的大樓。

我們坐著享受這片刻的寧靜，直到白唯忽然開口。

「柳透光。」

「嗯？」

「你會覺得我姐姐這樣消失……很任性嗎？」

「任性嗎？」我頓了頓，「倒是不會。呃，該怎麼說呢？白宣本來就給我一股，隨時隨地都可能消失的感覺。」

「這是什麼意思？」

「有點難懂嗎？」我聳聳肩，背靠椅背，「白宣她啊，身上除了那抹迷茫的氣息之外，給人最特別的感受就是若即若離了。有時她很貼近我，有時卻與我拉開距離，我們之間……一直有道冰牆般的東西。」

「姐姐從小到大就是這樣呢。」

白唯落寞地說。

神傷的表情，隨著天色將暮，更加黯淡。

「我知道的。我聽妳說過。」

橡樹果實的耳環，在白唯的耳朵上隨風搖曳，可愛的耳環很適合彷彿狐狸化身的白唯。

在萬葉屋泡溫泉時白唯就說過了。

從小到大，白宣身上獨一無二的氣質，那股淡淡的迷茫與憂鬱，始終無法讓人親近、放開身心貼近的距離感……

讓白宣吸引了無數人的注意力。

沒有人不在意她。

我喝了一口冰拿鐵，無糖的濃縮咖啡在口裡散開。

苦澀，讓我的思考更加集中。

那股清新的青檸香氣，就在我身邊。

我拿捏著用詞，謹慎而用心地說道：

「是透明感。」

「透明感？」

「嗯，好像隨時都會消失不見一樣。」

「……我第一次聽你這樣說她。」

「說真的，我應該是目前最貼近白宣的人了。即使如此，她卻還是無法放下防備跟我相處，常常會故意拉出令人介意的距離感。」

那一次又一次的冰牆。

若即若離的感觸。

透明感。

開心地踏上旅程、一起忘我地拍影片、無憂無慮地聊著天，親近到一定程度，然後……

她會往後退開，在我們之間分隔出一道無形的冰牆。

白唯沒有說話。

她在思忖。

我嘆了一口氣，說道：「我確實沒有很放在心上，因為我知道那是白宣，是白宣的個性，是真實的白宣。」

「……」

「但我也不可能不在意啊。」

「我想，姐姐可能沒有意識到這些呢。」

「白宣其實是有點自我的人。」我認同地說：「但她不是很自我中心的那種人。她的本性很溫柔，會顧慮別人。但在背負了壓力、尤其是那種直擊心靈的壓力的時候，她下意識地選擇保護自己，這也是理所當然的。」

「直擊心靈的壓力？」

白唯好奇地追問。

「像是她身為訂閱數超過五十萬的 Youtuber。」

「那是姐姐想做的事，想走的路。」

「我明白。只是她這一次在寒假休業式後消失，一定是她遇到了前所未有的迷茫跟自我質疑，她只好選擇消失了。」

我心裡忽然湧出哀傷。

無法抑止，只能讓時間緩緩沖淡。

最後，白宣透過留下的線索訴說心裡的話。

遲早，有一天我會消失。雖然會消失，但我希望有人能找到我，真實的我、真正的我。所以，透光，你會來找我嗎？

想到這句話，還有白宣在獨白中迷濛得彷彿發燒的雙瞳。那是我看過最無力的獨白，也是我看過最激起人保護欲的獨白。

我不由得深深吸了一口氣。

當然了。

那一天我根本沒有猶豫，一心只想踏上旅程。

「白宣一定很迷茫，也可能快要受不了。我必須趕快找到她，而且，我有非常想對她說的話。」

後面這句話，是我的心裡話。

我喜歡白宣。

而我喜歡的白宣，是真實的白宣。

不是那個會上山下海，抓螃蟹抓野蝦，料理各式各樣野味野菜，永遠活潑開朗的 Youtuber 白宣。

「柳透光，你真的很為姐姐著想呢。」白唯揚起嘴角，笑容無比溫和。蘊含著真實的謝意。

趁著這個座位附近的人不多，也沒有人在注意我們，白唯伸手摘下了面具。

與白宣一模一樣的臉蛋，同樣清澈的雙瞳直勾勾地盯著我。

我吞了口水。

「我替姐姐跟你說一聲——謝謝你了，透光兒。」

白唯模仿白宣的口吻，雙手握起我的手，誠摯地說道。

彷若白宣。

那瞬間，時間就此停滯。

對我來說，沒有比這更能提振我的精神了。簡直，就像是白宣在我身前、觸碰著我一樣。

白唯的手很軟，也很暖。

雖然不知道該不該說，但我心一橫，直接說道：

「我想對白宣說的話是，在我最脆弱的時候心中浮出的身影，我仔細想了一想，答案與我一開始跟她說的不一樣。」

閉上雙眼。

美好的身影浮現。

更多時候，白宣常常一個人漫步在校園一角，捕捉畫面，或一人在圖書館、教室裡度過一個下午。

她有時沉默、有時迷茫、有時憂鬱。

唐突卻又理所當然的悲傷。

突如其來、毫無道理的憂愁。

卻也是屬於她的一部分。

「白唯，我已經找到了真正的答案。」

「是嗎？」

「我要趕快找到她，跟她說。」

我終於下定決心。

白宣，不是只有追逐夜星的白宣這一個身分。

白宣會在沙岸上坐下，向前方延展雙腿，伸出兩手環抱住弓起的小腿。栗色的長髮鬆散地塞在連帽外套裡，不在帽裡的長髮，順著風向後飄去。

那也是真正的白宣。

我微微抱住頭，暫時跟世界隔離。幾秒後，我再次喝起冰拿鐵，重整思緒。從強烈的思念中抽離。

氣溫變得更冷，周圍的喧譁漸漸減少。

天色愈來愈暗，暖橙色的陽光從天際亮起。不久，就是幾秒間的事，夕陽彩霞染紅了半片天空。

夕陽，快來了。

「走吧！」我叫道。

「嗯嗯。」

我連忙站起身，白唯也跟著跳起，我們以最快速度跑向崗山之眼的白色迴旋樓梯。

迴旋樓梯做成了口琴的意象，一階階的樓梯像極了琴鍵。

崗山之眼天空迴廊，以音樂為主題打造而成。

「白宣一定在上面。」

我一遍又一遍地呢喃著。

我快步奔上樓梯，不想浪費任何時間，從北方入口踏上了四十公尺高的天空迴廊。

迴廊映入眼簾。

天空迴廊的步道沿著主支架繞了一圈。

鋪著木頭地板，只有一段做成了玻璃地面。從主支架向下延伸到迴廊步道的白色支架，一如琴弦。

「呼……」

我稍稍喘氣，讓體力恢復。

這是一把立在岡山上的小提琴。

時值日落，不少攝影師架好相機，站在走道邊攝影。他們很好分辨，一點也不影響我搜尋白宣的身影。

幸好其他旅客不多。

慢慢走了幾步，巡視著附近的人影。我想往前跑去，在跑之前連忙回頭叫了聲白唯。

「白唯，妳從這一端仔細找，我直接跑去另一端。」

「好，你快去。」

白唯揮揮手，讓我趕快跑向南方入口。

我會心一笑，邁開腳步——

一束霞光閃現。

數不盡的燦爛夕陽。

暖橙色與火紅色交織的夕陽，投射出不可思議的光彩。一路穿越了薄薄雲層、水庫的水面、一片片農田……

最後，吞噬了整座崗山之眼天空迴廊。

霞光造就了長長的尾巴，巨大的夕陽，在我們眼前閃耀。

美得令人無法自拔。

我根本無法動彈。

被如此震撼的景色，凍結在原地。

我試圖移動，試了幾次終於移動了腳步，往南方入口奔去。

已經快到了，就快要到了。

目前為止都沒有看見白宣的身影，但是，今天她會出現在這裡……她一定在這座天空迴廊上。

我跑到了迴廊的一半，上氣不接下氣，幾乎無力奔跑。

有一股快要吐出來的感覺。

但是，我必須跑啊。

我單手擦去睫毛上的汗水。回頭一看，瞧見正慢慢地、一個個仔細看路人，走過來的白唯。

耳邊傳來隱約琴聲，悠然深遠。

我看向前方，似乎不在眼前的走道。

這個琴聲的來源是……

我不管上氣不接下氣的身體狀態，強硬地壓抑呼吸，硬是要聆聽出聲音的方位。

是、是……從崗山之眼下方傳來的琴聲。

我緩步靠近欄杆邊，雙手顫抖地抓上欄杆。希望心中所想，不要成為事實。

我往下一望。

是她。

熟悉的她。

是消失了好久好久的她！

迎風而立的身影，一頭筆直栗色長髮隨風飄逸。髮絲從連帽外套的帽子裡掙脫，就連沒有扣起的外套下襬也搖曳著。

露出了白色的內裡棉衣。

那件連帽外套的顏色，是迷茫藍。

是最能把她的氣質放大的顏色，也是她最喜歡的顏色。

小提琴，她以優雅無比的姿勢夾在肩上與下巴間，向右劃出的右手拿著一把琴弓。

今天之前，我聽白宣說過會拉小提琴，她的房間裡也有一把吉他與小提琴。但從來沒有看過她拉琴的模樣。

我想起來了。

白宣提到跟白唯在小時候一起去上小提琴課。

……我摒住呼吸。

白宣修長的右手，把琴弓放到了小提琴的弦上。細密睫毛下的雙眼輕閉，嘴唇輕抿。

優雅得如上了墨、染上墨香的一段宣紙。

琴聲，響起。

小提琴的聲音，透過店家的擴大器放了出來。

幾秒後，原先安靜的周圍開始陷入喧譁，有人認出來了。

「那、那個人是白宣吧？」

「是啊，她居然會拉小提琴，但是她不是消失一陣子了嗎？」

「她直播時房間裡就有小提琴了，還有琴譜架。」

「最近有人拍到她在其他空中走廊出現。」

「說起來這裡也是空中走廊啊！」

快門聲接連響起。

「為什麼……」

我靠在欄杆上，雙手無力地握著欄杆。

白宣在夕陽餘暉下拉琴的模樣，美得令人無法移開視線，一點也不輸給在崗山之眼的大自然美景。

或許，白宣本人更勝一籌。

琴聲悠揚，勾人心弦，讓人無可自拔。

夕陽的光彩照耀著她，但沒有把她吞噬，在偌大的崗山之眼天空迴廊後方的她，有著一道屏障。

崗山之眼是一把矗立在山坡的小提琴。

白宣則是站在崗山之眼後方的演奏家。

暖橙色與火紅色渲染了半片天空，從雲之彼端投射而來的光芒，紛紛作為了她臉蛋上的妝彩。

白宣沒有睜開眼睛，也沒有看向迴廊上的任何人。

夕陽銜山，她淡然自若地站在草坡地上，折起袖口、露出纖弱的手腕，一心拉琴。

聲聲琴音，迴盪於心。

在以音樂為主題的崗山之眼園區，白宣選擇了最適合的登場方式，親眼見證的人終將一生難忘。

純淨而美好的宣紙，留下了最美的顏色。

我的腦海，只剩下一片空白，默默地看著迎風而立、隨節奏擺動的白宣。

能做什麼？

我還能做什麼？

我無奈地抓著欄杆，看向下方。

四十公尺的高空。

就算現在跑過去，也要花好一段時間，而且會被白宣發現吧。

唉，還能怎麼辦呢？

今天是看見她了，白宣也確實出現在這裡了。

那麼，明天就是最後一個地點了吧。

從寒假休業式開始，白宣消失了，而我在之後踏上旅程……至今經過那麼多線索與暗示，最終指向的地點。

就只剩那裡了。

考量到時間，我也不覺得白宣還有準備之後的旅行。

甚至，都快開學了。

想到這裡，我緩緩站起身，吸了一口氣。好吧，還有明天，明天一定找得到白宣。

我抓著欄杆，還是有點不太甘心。

戴著狐狸面具的白唯從我身邊靠近。

「太扯了，姐姐居然在下面的青草地拉琴……」

「剛剛我們都沒有看到。她應該是躲起來了，看見我們走上空中迴廊，才踏上青草地。」

「現在她快演奏完了，如果我們跑下去，她只會跑走而已。」

「我知道。」

我有點生氣地說。

我當然知道。

白唯退縮了一步，在面具下露出的雙眸，擔憂地看著我。

「柳透光，你沒事吧？」

「沒事。」一陣後悔感襲來，說完我自己都笑了，「我說沒事，但是妳相信嗎？」

「我相信，因為你已經站起來了。」白唯頗有自信地說道。

「嗯，好吧，我在想……就剩明天了。」

「明天？」

「對啊，白宣這幾天，一天去一條空中步道。我去過的步道她不會再去了，因為我們是追逐夜星的白宣與墨跡。」我不疾不徐地說：「當初那五條步道，只剩下心向樓。」

「喔喔，那明天就是最後一條了？」

我點點頭。

這趟旅行的意義、白宣之所以消失的理由，都會在那裡攤牌。我不會再讓白宣逃避了，心向樓的步道只有一個出入口。

明天一定能正面遇見白宣。

琴聲漸漸轉弱，依然是那般引人想像。

白宣的演奏進入了終章。

不知不覺間，暖橙色、金黃色的夕陽霞光化為了斑斕的火紅色，那是夕陽最後的光芒。

就像是聚集了夕陽的能量與光彩，白宣一人獨自站在草地上。

她正面對著巨大的夕陽，氣勢毫不遜色。

小提琴演奏來到尾聲，她身上那抹迷茫的氣息散發了出來，簡直能吞噬整座崗山之眼。

琴聲，充滿了迷惑徬徨。

攝影師們紛紛捕捉著今日最後的美景。

岡山樹色，琴瑟和鳴。

斜陽銜山，白宣獨奏。

我微笑地看著眼前的白宣，還有沐浴在夕陽餘暉之下的崗山之眼園區。

「是說，白唯吶。」

「嗯？」

「我第一次聽到她拉小提琴呢。」

「她房間就有小提琴呀。我不會，我後來是學大提琴的喔。」

「真的喔？」我有些吃驚地說，「改天我想聽聽看姐妹的合奏，好嗎？」

白唯想了想，露出天真的表情，單手抵住下顎。

「好啊，只要你找到我姐姐，我就跟姐姐合奏一首給你聽。從小到大，我跟她還沒有認真合奏過喔。」

「哈哈哈哈哈，那是第一次囉，我很期待。」

我發自內心地說。

那一天，夕陽似乎暗淡得特別快。又或者，只是因為我沉醉在白宣拉小提琴的時光之中。

覺得快樂時，時間往往過得飛快。

終於，夕陽西落，夜幕降臨。

琴聲消失，白宣一人創造出來的魔幻冬日也失去了魔法，攝影師們紛紛清醒。

我看向青草地，白宣早已消失無蹤。

她只帶著一把小提琴。背著小提琴，坐上計程車，幾秒間就可以離開崗山之眼園區。

要追，是不可能的事。

「走吧，白唯。」

「好喔。」

我與白唯一同走到南方入口，從南方一側的迴旋樓梯走下平地。回頭一望，夜晚時分的崗山之眼，靜靜地矗立著。

「等我一下，柳透光。」

白唯端起相機，拍下了夜色包圍的崗山之眼。

那一天的最後，我們搭乘計程車返回市區的旅館。只住一晚。

隔天一早，我們要南下國境之南——屏東。

我非常疲倦，白唯也好不到哪裡去。

在各自的房間洗完澡，吃完飯，從餐廳回房間的路上我順路走到了白唯的房間。本來想跟她聊聊，卻看見白唯又像是捲壽司一樣把自己捲進棉被裡。從棉被捲裡只透出一個頭，還有略帶濕潤的栗色髮絲。

「我要睡了。」

「嗯。」

「出去時關燈。」

「好啦。」我敷衍地說。

「明天要去哪？」

「國境之南的心向樓。」

我轉身離開，順手關上了燈。

回到自己的房間以後，我用手揉揉眼睛。強烈的睡意襲來，一放鬆就再也撐不下去了。

我躲進棉被裡，很快睡著了。

CHAPTER 6

# 國境之南，心之所向

隔天午後，我們睡飽之後從高雄出發，前往國境之南。

目的地是心向樓。

那裡是一處風格典雅的民宿庭園。

身在城市喧囂之外，依山林隱密而立。心向樓有絕美風景，也有水天一色風景的泡湯池。

園區內有提供下午茶，是臺灣南部隱藏版的情侶約會聖地。

我的印象很深。

白宣在查到這裡時，曾經對著銀幕眼睛一亮，透著紅潤色彩的嘴唇微微張開後，她可惜地說：

「這裡彷彿被世界遺忘了。」

往心向樓的車上，白唯斜躺在椅背上靠著窗，單手撐住下顎，看起來有些無聊。

她玩弄著胸前垂掛的相機，一雙澄澈的眼眸盯著窗外。

「吶，柳透光。」

「怎麼了？」

「我們要去的地方，為什麼叫做心向樓呢？」

「因為那裡隱喻著心之所向。」

我隨口答道。

這個問題的答案，恐怕只有建造心向樓的主人才知道。

國境之南，屏東心向樓。

想將這一代的風景傳承給下一代的民宿主人，在能眺望屏東與高雄平原的半山腰上，親手打造了心向樓。

又有一說，這間民宿是民宿主人送給妻子的禮物。

走過了前面四條天空步道，最後一條——心向樓，是白宣從企劃最一開始就指定要去的步道。

「我們今天要去的地方，很美嗎？」

「很美，但那裡其實是不太能稱為步道的地方。」

「咦？為什麼？」

白唯瞪大雙眼，在座位上直起上半身。

她望著我，等待我回答。

「呃，嚴格說起來，心向樓所謂的天空步道，只是一條從民宿向半空延伸出去，約莫十公尺的步道而已。」

「喔，是這樣啊。」

白唯沒有流露出失望，她對那裡仍然很有興趣。

這樣很好。

憑著印象，我繼續說道：「那是一條通向半空，依著山崖延伸而出的天空步道。有條規矩，最多只能兩個人同時站在上面，不能再多了。」

「兩個人？為什麼？」

「那條步道是靠兩根電線桿支撐起來的喔。一條橫的、一條直的電線桿，硬是把步道撐在山崖邊緣。有點危險。但是風景很美，站在那裡，可以迎著整片天空眺望薄霧間的平原。」

「薄霧……」

白唯的目光轉向車窗外。

計程車開上了山，在顛簸的山路前行。

「說起來，天氣不是很好呢。」

「放心，不會下雨。」

我自信地說。

若下起小雨，這裡的風景也會隨雨昇華。

薄霧在山間蔓延，車窗也跟著出現水滴。車子看出去的視野不是很清晰，彷彿使用了名為「微雨」的濾鏡，別有一番滋味。

白唯在車內端起相機。

我裹了裹外套。

山勢高了，氣溫低了，還有薄霧，變得有點冷了。

白唯忽然擔憂地問：「柳透光，今天我們也是要等到夕陽嗎？」

「不一定。」

「我覺得要提醒你一下，照今天這個天氣，我們有可能根本看不見夕陽。」

「這很有可能，但只能聽天由命了。我們只要去了那裡，就有機會遇到白宣。」

「嗯嗯。」

我心裡一點也不慌。

明明已經快到了旅行的終點，這一趟尋找白宣身影的旅途，持續了近乎整個寒假。

愈來愈靠近白宣，我反而愈來愈冷靜。

不鎮定的話，處理不了任何事。

經過一長段車程，我們終於抵達了位於山間小路的心向樓。地點很隱密，如果沒有事先作功課，很難找到這裡。

我們一起下了車。

走進心向樓，先是被用色大膽的建築所震驚。

寬敞的格局、空無一人的環境，也深深地吸引了我。

沒有人聲，只有大自然的聲音。

雨滴、風聲、樹葉摩擦、鳥叫蟲鳴。

心向樓大量使用了灰色與紫色配色，建築風格很有異國風情。許多面具作為裝飾品，掛在牆上。

我看向白唯。

她雙手拿著相機，但還沒有開始拍照。

「白唯，我們先進去吧，可以去泡湯、喝下午茶，等白宣。」

「好啊，那我要去拍照，嘿嘿。」

白唯發現了這裡不是一般的地方。學習攝影沒有幾天，她已經有一定的敏感度了。

對美景的敏感。

我們走進心向樓建築，並往高處走去。

這裡別出心裁的一點是庭院設有很多私人空間，或是用廉幕隔開，或是本來就設成小隔間，盡可能讓旅客保有自己的隱私。

獨立的空間讓人能放鬆地沉浸於美好的人、事、物，也因此，很多情侶會來這裡享受兩人世界。

心裡迸出那句話。

要說嗎？

真的要講嗎？

我遲疑了幾秒，很快下定決心說道：

「我想在美好的事物上花費大量時間，讓那些事物不再只是匆匆而過。」

「嗯，這裡真的很美。」

白唯愣了一下，只是這麼說。

我懂了。

於是不再說話。

我們緩緩走向露天的區域，那裡的風景，正是來拜訪心向樓的意義。

踏上心向樓觀景區，整片天空就在頭頂。

白雲遍布。

天正微雨。

觀景區有部分區域搭建了遮雨棚和座位，能坐在裡面，靠著枕頭軟墊，眺望遠方風景。

享用下午茶的旅客也聚集在這。

「要進去看看嗎？」

「當然，我想去坐在靠近山坡邊的位置。」

白唯爽朗地說。

我們走了進去，踩上木板鋪成的地面，感受著溫潤的木椅與軟得讓人不想坐直的躺椅，就連眼前的桌子都是用竹板打造。

座位跟座位間設有竹簾，需要的旅客能依人數自行決定「包廂」的大小。

白唯墊起腳，降下了簾子。

雖然我看不到其他旅客，但無妨。

這裡有種兩人世界的感覺。

「讓我躺一躺。」

白唯說完，任憑身子向後一仰——躺向了純木打造的躺椅，上面鋪了許多軟枕頭與坐墊。

她斜躺著，盯著我，與我身後的屏東平原。

這裡的風景真的……讓人很容易沉迷其中。

「那我也躺著吧。」

我在白唯旁邊的躺椅也半躺半坐。

就在此時，雲霧襲來。

山頂小雨後的雲霧吞沒了民宿周遭的一切風景，天青色渲染得彷彿置身仙境。

古代的匠人打造青花瓷，為了極品的天青色甚至能耗費一生——只為了等一場山嵐煙雨。

我追尋白宣的這段時日，也不過寥寥數日而已。

我坐在心向樓的觀景區，往前一看就是一望無際的平原風景。薄霧間，隱約透出一棟棟房子與稻田。

薄霧模糊了視線，卻讓風景更添魅力。

白唯看向遠方。

她的思緒似乎也飄向了遠方。

「這裡的主人很厲害吧。居然能挑中這樣的地方，把美景傳承給下一代人。」

我由衷地說道。

把一切都往最美的方向傾心打造——是心向樓的特點。

說到這個，心向樓還有個天空之鏡般的水池。

倒映天空。

無邊際的水池設計，讓水池與天際融為一體。

泡在水池裡，能看見水天一色的美景。

池畔的走道鋪著典雅的原木地板，旅人在這裡宛若身處山林，清幽而寧靜。

躺了一會兒，我意識到睡意愈來愈濃。

不行啊！

我強行直起上半身，看向差一點睡著了的白唯。陶醉於風景之中，又在這麼放鬆的環境下，很容易不小心睡著呢。

今天，一定看得到白宣吧？

我稍稍提高音量說：「白唯，要去天空步道看看嗎？」

「嗯……」

「不遠，很近的。」

「……看看？喔，好吧。」

被我吵醒的白唯歪了歪腦袋，幾秒後才點點頭。

她從木椅上依依不捨地站起身，還伸了一個懶腰。

迷糊的雙眼，頓時恢復了光彩。她用手撥了撥栗色長髮，再整理好天藍色襯衫。

「走啊，你帶路嗎？」

「不遠，剛剛上來的時候我有瞥到。」

我往外走出觀景臺的棚內區域，白唯跟上了我的腳步。

山嵐飄散。

白得幾近透明的雲霧占據了我們身邊的空間。

「到了。」我說。

很快地，我們走到了心向樓——那條以兩根電線桿立起來的天空步道前。

大大的告示牌上寫著：限行兩人。

「天啊……」

我驚呼著，略過了天空步道，走道了更靠向山崖邊的駐足點。

有點危險。

只是，這裡的風景真的非同小可。

認真說起來，遠比崗山之眼更讓我讚嘆。

除了飽覽遠方的平原景色外，翠綠色的森林與遼闊的天空都在眼前展開。

山間雲霧不是特別美。

只是適如其分。

所以吸引人。

我費了一番工夫，把注意力從遠方拉回。

搜尋白唯的身影，發現她站在橋上，獨自一人扶著欄杆，站在橋的最尾端。

那裡是從山崖向外延伸最遠的距離。

栗色長髮隨著風飄動。

她反折襯衫袖口，露出一截纖細的手腕。襯衫的鈕子沒有扣起，隨性地穿在身上。

配著深藍色的高腰短褲、一條細細的黑色皮帶。因為高腰，讓她修長的美腿顯得更長，雪白的大腿肌膚在背光之地簡直會發光。

時機點就是這麼巧妙。

是時候了——我順著內心，走向天空步道的入口處。

那裡也是唯一出口。

我微微苦笑，休業式後一星期開始，這趟因白宣消失而踏上的旅途，終於迎來結局。

「呼……」

我深吸一口氣，冰冷的空氣讓我更加清醒。

重整思緒。

再一次，懷抱著決心，我往橋的中間走去。

我站定位，封死了出口。不再退開。

站在天空步道最尾端的她，無法越過我，也沒有可以逃避的地方了。

在這裡，妳再也無法躲避。

我發自內心，呼喚了她的名字。

「好久不見了，白宣。」

白宣正在眺望著所謂世界，思緒翻飛。

她身陷迷茫與徬徨之中。

雲霧四散。

一會兒後，白宣似乎發現太安靜了，緩緩回過頭來，看見了走到橋中央的我。

四目相對。

電光石火間，我相信白宣已經看穿我。

我知道了。

我也猜到了。

是妳吧，白宣！

白宣輕眨靈動的雙眸，淺淺一笑如當初。她身上的天藍色系的衣物，與整片天空輕易地融為一體。

那股迷茫的氣息，簡直要把我吸入深深的黑洞。

無可自拔。

白宣輕聲說道：「嗯，正確，不愧是透光兒。」

她盯著我，「但是我很好奇，你是怎麼發現的？又是什麼時候發現的呢？」

「妳聽不出來白唯最近想出來的文青式句子。」

「哪一句？」

「我想在美好的事物上花費大量時間，讓那些事物不再只是匆匆而過。這是白唯最近想到的。」

「啊！是剛剛那一句……難怪，我就覺得有點突兀。」白宣帶點懊悔地說。

遲早，我們會正面相遇。

這本來就在她的設想中。

我盯著她那雙清澈的眼瞳。

想解開心中糾結已久的問題，我果斷地切入主題，「白宣兒，妳為什麼要消失？」

「很多原因……但真的要說的話，是因為迷茫。」

「我知道是迷茫。」

迷茫，迷途。

謂之：失去了自我的方向。

我的語氣漸漸轉弱。

——妳在迷茫什麼呢？

我好想，聽妳親口說出來。

白宣停頓片刻，嘆了一口氣。

她旋過身，眺望遠方平原，雙手輕放在欄杆上，絲毫不理會隨風飄逸的栗色長髮。

良久以後，她轉過頭來，側身看著我。

她以富有感情的聲音說道：「你應該看過我寫給你的信，也回答過我留給你的問題了，對吧，透光兒？訂閱數超過五十萬的知名 **Youtuber**、追逐夜星的白宣頻道的所有人——那個白宣，是真實的我嗎？」

白宣的眼眶微微泛紅，透出淡淡的悲傷。

「一開始我做影片，是為了讓臺灣很多隱密的景點給更多人看到，希望很多人也能踏上旅程，在某個偏鄉小鎮或是漁港，留下自己的回憶。那是我做影片的初衷，而現在的我……」

「白宣……」

「離初衷愈來愈遠，我已經找不到做影片的意義了，一點也不快樂。」

白宣深深吸了一口氣，手指別去眼前的栗色髮絲。

「大家只看到影片裡的我，快樂地到處旅行的我，從來沒有人發現，我拍影片已經愈來愈不開心了。包含你，透光兒。為什麼……為什麼大家在意的都是那個閃閃發光的 Youtuber 白宣……那在水昆高中就讀二年A班，會獨自一個人陷入迷茫的那個女孩子呢？明明那也是我，不是嗎！」

真情流露的白宣，對著我發出吶喊。被風拂亂的髮絲，遮掩不了自她雙眸透出的悲傷。

我說不出話。

這是第一次，白宣在我面前坦率地、盡情地展現了所有情緒。

那些堆積已久的煩惱與不開心。

她絲毫不設限地，讓情緒的波流向我衝來。

白宣空靈的雙眸瞪著我，帶有一點點生氣，還有失望，她的胸口劇烈地起伏。

她非常失落。

在風中，她因強烈的情緒波動，腳步有些踉蹌。

現在，只要她眼角的淚水一滑落。恐怕那一滴淚，會牽動眼眶中的淚水。

白宣要是哭了……我自己都無法想像，我會做出什麼事。

看到這樣的白宣，我深吸了口氣，強迫自己鎮定。

必須心如止水。

不管心裡有多大的情緒波動，我都必須保持冷靜。否則，今天根本無法為旅途劃下句點。

那樣的話，白宣又要去哪流浪呢？

她還有下一個地方能去嗎？能是能，但是我找得到嗎？

儘管強迫自己鎮定，但我的神情一定流露出我真實的心情了吧。

悲傷、同情，與愧疚。

還有委屈。

對，我也覺得委屈。

白宣一定是忍耐了很久很久。

每一次凝視遠方，每一次讓思緒飄向遠方，都是她在與質疑自我的思考對抗。

難免憂鬱，難免迷茫。

本來對於螢幕前後的形象有所落差，而心生質疑的她，又因為我的回答而深受打擊。

最後，她選擇消失。

而我，就這樣一個人獨自踏上旅程——尋找白宣。

我也很受不了，白宣的不告而別。

我也很難過，白宣把我當成很重要的人，對我說的話無比在意，卻總是會在我們之間召喚出一道無形的冰牆。

我的聲音非常不穩，有點鼻音。

看來，我心裡的情緒防波堤也失去效果了。

我凝著聲，問道：「那我呢？妳為什麼要假扮白唯？跟白唯有時互換身分，一路上看我那麼難過那麼傷心，還在宜蘭的民宿外情緒崩潰……妳又做了什麼？妳的妹妹，白唯又做了什麼？」

白宣直勾勾地盯著我，嘴唇緊咬著。她很傷心，但我也很難過。

倔強的她出現了。

我們就這樣在心向樓的天空步道上，面對面地對峙。

誰也不讓誰。

「嗚……」

突然，後方傳來另一道聲音。

我回頭一望，天空步道的後方，也就是唯一入口的後方，狐狸似的白唯愣然地站在那裡。

白唯的左手垂在大腿旁，右手抓住左手的上手臂。

發現我在看她，白唯的雙眸頓時垂下，她也不知道如何是好。看起來，她也很受傷。

煙嵐將至。

山雨降臨。

這或許是冬天的最後一場雨。

——《迷途之羊04》完

# Afterword

# 後記

午安，大家真的是久等了，不好意思。

微混吃等死真的太混吃等死了，覺得糟糕。

這一集有很重要的故事轉折，而這個伏筆，是從最一開始就埋下的伏筆。

有些讀者有猜到，真的很厲害。

這一集出版以後，《迷途之羊》系列也漸漸走到尾聲。

再怎麼美好的旅行，終有結束的一天。

只是那一天還沒到而已。

《迷途之羊》裡的白宣是我寫過最喜歡的女主角了，也是最難寫的一個，大概也是最難畫的一個。

想起來也很不可思議。

一切都從那張坐在沙岸上的女孩，抱著一雙大腿、凝視著遠方的圖片開始——這一整個故事。

很感謝大家的喜歡，喜歡《迷途之羊》。

我有看到一些可愛的讀者在Youtube上傳開箱的影片，一起開心地拆特裝版周邊時，我真的笑了出來。

甚至勾起了我心裡一些沉澱已久的感情。

《迷途之羊01》出版後，我一直是下班後才寫故事，無法像學生時代那麼隨心所欲。很累，有時候。

然而，這是我想過的生活嗎？

我問了問自己。

已經快要脫離青春尾巴的我，也不再想有那麼多顧慮跟妥協。我，現在想做什麼？

想了想，我決定做我一直以來想做的事。

最後，謝謝責編與三日月出版。他們也都很辛苦，沒有他們的協助，《迷途之羊》無法變成現在的模樣的。

如果合作的責任編輯等於抽卡，我一定是抽到了SSRㄌ。

Facebook & Instagram 都能找到野生的微混吃等死。

想看混吃說話ㄉ話追蹤一波。

求 CARRY。

微混吃等死

高寶書版集團
gobooks.com.tw

輕世代 FW290
迷途之羊04

作　　者　微混吃等死
繪　　者　手刀葉
編　　輯　林紓平
校　　對　謝夢慈
美術編輯　彭裕芳
排　　版　彭立瑋
企　　劃　方慧娟

發 行 人　朱凱蕾
出　　版　英屬維京群島商高寶國際有限公司臺灣分公司
　　　　　Global Group Holdings, Ltd.
地　　址　臺北市內湖區洲子街88號3樓
網　　址　www.gobooks.com.tw
電　　話　(02) 27992788
電　　郵　readers@gobooks.com.tw（讀者服務部）
　　　　　pr@gobooks.com.tw（公關諮詢部）
傳　　真　出版部　(02) 27990909　行銷部 (02) 27993088
郵政劃撥　50404557
戶　　名　三日月書版股份有限公司
發　　行　三日月書版股份有限公司/Printed in Taiwan
初版日期　2019年 2 月
六刷日期　2020年11月

國家圖書館出版品預行編目(CIP)資料

迷途之羊 / 微混吃等死著.-- 初版. -- 臺北市 : 高寶國際, 2019.02-
冊； 公分. --

ISBN 978-986-361-632-0(第4冊 : 平裝)

857.7　　107003453

三日月書版

三日月書版

GOBOOKS
& SITAK
GROUP©

GOBOOKS
& SITAK
GROUP©